A Cantada Infalível

seguido de

A mulher do centroavante

Livros do autor publicados pela **L&PM** EDITORES

Canibais (Coleção **L&PM** POCKET)
Cris, a fera & outras mulheres de arrepiar (Coleção **L&PM** POCKET)
Jogo de Damas
Meu guri
Mulheres! (Coleção **L&PM** POCKET)
Pistoleiros também mandam flores (Coleção **L&PM** POCKET)

DAVID COIMBRA

A Cantada Infalível

seguido de

A mulher do centroavante

www.lpm.com.br

L&PM POCKET

Coleção **L&PM** POCKET, vol. 816

Texto de acordo com a nova ortografia.
Este livro reúne dois livros: *A cantada infalível* (2003) e *A mulher do centroavante* (2004), que foram publicados pela Artes e Ofícios, em formato 14x21cm.
Primeira edição na Coleção **L&PM** POCKET: setembro de 2009
Esta reimpressão: julho de 2010

Capa: Ivan Pinheiro Machado. *Ilustração*: Gilmar Fraga
Revisão: Simone Diefenbach Borges e Fernanda Lisbôa

CIP-Brasil. Catalogação-na-Fonte
Sindicato Nacional dos Editores de Livros, RJ

C633m

Coimbra, David, 1962-
A Cantada Infalível *seguido de* A mulher do centroavante e outras histórias / David Coimbra. – Porto Alegre, RS : L&PM, 2010.
256p. – (Coleção L&PM POCKET ; v. 816)

ISBN 978-85-254-1940-8

1. Conto brasileiro. I. Título. II. Série.

09-4047. CDD: 869.93
CDU: 821.134.3(81)-3

Rua Comendador Coruja 314, loja 9 – Floresta – 90.220-180
Porto Alegre – RS – Brasil / Fone: 51.3225.5777 – Fax: 51.3221-5380

Pedidos & Depto. Comercial: vendas@lpm.com.br
Fale conosco: info@lpm.com.br
www.lpm.com.br

Impresso no Brasil
Inverno de 2010

Apresentação

Martha Medeiros

Tem gente que gosta de comer mas nunca leu um livro sobre gastronomia. Gosta de cinema mas não lê as críticas. Eu gosto de futebol mas não leio os comentários. Melhor dizendo: não lia, até surgir David Coimbra, que trouxe literatura para o meio de campo. Nos textos de David, o relacionamento dos jogadores com a bola interessa menos do que o relacionamento deles com a vida. Uma falta pode ter sido mal cobrada por causa de uns sonhos estranhos com a vizinha do terceiro andar. Um goleiro pode ter defendido um pênalti graças a uma aposta e a um despacho. Um juiz pode ter falhado ao anular um gol porque o chamavam de Vanusa no colégio. Não, esse não é um compacto dos melhores momentos. Você vai encontrar histórias muito melhores no livro, e nenhum gol contra.

O futebol é só uma das especialidades de David. As outras são: cantadas, loiras, umbigos, filhas de delegado, mulheres do próximo, amigos de infância, coxas e tudo o que justifica fugas de altar e riscos de demissão. David escreve sobre detalhes que alteram destinos, e seu texto é tão bom quanto o time do Inter de 79.

A razão de ele ter me convidado para apresentá-lo neste *A mulher do centroavante e outras histórias* é uma incógnita. Não fui da turma dele do IAPI. Não sou filha de delegado. Nem loira eu sou. O mais provável é que ele tenha descoberto que sou colorada mas torço, mesmo, é por ele.

Sumário

Livro I

A Cantada Infalível

O ESTRANHO

Parte I

Naquela noite, Alice conheceu o medo absoluto. Estava sozinha em casa, na cama, recostada em dois travesseiros. Lia uma revista à luz suave do abajur.

Sentia-se confortável. Então, ouviu um ruído vindo da porta do quarto.

Levantou os olhos da página colorida, devagar. E viu...

O trinco se movia! O coração de Alice começou a bater forte. Um calor invadiu-lhe o peito, fechou-lhe a garganta. O trinco não podia se mover! Não devia! Ela vivia sozinha, não havia ninguém no apartamento. Quer dizer: não era para haver alguém no apartamento. Só que ali estava o trinco, abaixando... sendo abaixado! Alguém estava abrindo a porta! Quem?... Ninguém tinha a chave do apartamento de Alice, ela não tinha nenhum parente morando na cidade e havia trancado bem a porta ao entrar. Quem?...

O olhar de Alice estava grudado na porta, no trinco. A revista jazia sobre a colcha. Seus punhos, cerrados com força, apoiavam-se no colchão. A cerviz ereta, rija, transformava o corpo numa tábua. Alice era toda tensão.

Seria o vento que abria a porta? Não, ventos não acionam trincos. Era alguém... Quem? O que poderia querer?

A porta foi se abrindo. Lentamente. Lentamente. Uma pequena fresta surgiu, nada mais do que um ou dois centímetros. O suficiente, porém, para Alice perceber que a porta estava sendo aberta por uma mão.

De homem.

Sem dúvida, mão de homem. Nodosa. Grande. Uma mão que ela não conhecia.

Alice abriu a boca. Queria gritar. Mas só conseguiu gemer. Sua voz saiu mole, quase um sussurro:

– Quem... está aí?

O homem não respondeu. Continuou empurrando a porta vagarosamente. Era alto, ela podia perceber. Muito alto. Uns dois metros, talvez. A porta foi-se abrindo. Um pouco mais... Um pouco mais...

O homem colocou parte do corpo para dentro do quarto. Continuou com a manzorra na maçaneta. Vestia uma roupa escura, talvez preta. Tinha cabelos pretos revoltos. E seu olhar... Alice nunca vira um olhar como aquele. Teve a impressão de que o próprio Mal lhe fluía dos olhos. O homem a fitava firmemente. Furiosamente. Olhava-a sem piscar, sem se mexer, sem nada falar.

Alice estava muda. Paralisada. Sentia apenas medo. Um medo que a dominava. Que amolecia seus ossos.

Ficaram assim, os dois, encarando-se em silêncio por sabe-se lá quanto tempo. Muito tempo, para Alice. Um tempo quase insuportável. Até que o homem afinal se moveu. Ainda vagarosamente puxou a porta. Fechou-a. Soltou o trinco.

Alice continuou fitando a porta, muda, paralisada e apavorada. O que o homem estaria planejando? O que estaria fazendo agora? Por qual parte da casa andaria? Alice não sabia o que fazer. Devia levantar-se, abrir a porta do quarto, enfrentar o desconhecido? Será que não era exatamente isso que ele queria? Ficou durante muito tempo na cama, imóvel, tentando ouvir algum ruído vindo do restante da casa. Mas nada. Nada.

Enfim, ela tomou uma decisão. Teria de se levantar. Teria de sair do quarto. Ver o que estava acontecendo. A resolução, em vez de acalmá-la, a deixou em pânico. Começou a tremer. A choramingar baixinho. Afastou a colcha.

Colocou os pés no chão. Firmou as pernas com dificuldade. Levantou-se. Respirou fundo. Do ar lhe veio a força para dar um grito rouco:

– Quem está aí???

Silêncio.

Alice caminhou, vacilante. Levou a mão à maçaneta. Abriu a porta. O corredor escuro, estreito, estendia-se à sua frente. Sem tirar os olhos da parede do fundo, Alice tateou a esmo, até encontrar o interruptor. Acendeu a luz. Deu um passo. Apoiando-se nas paredes, chegou até o banheiro.

Escancarou a porta de supetão. Acionou o interruptor. O banheiro se iluminou. Nada.

Chorando sempre, ela gritava:

– Quem está aí? Quem está aí?

Silêncio.

Alice arrastou-se até a cozinha. Felizmente, o interruptor ficava perto da porta. A luz inundou a peça. Nada. Ninguém.

Um pouco mais confiante, ela correu para a sala. Luz. Ninguém. Alice suspirou, sentindo-se um pouco melhor. Testou a porta da rua. Fechada! Mas... como?... Como o homem havia entrado? O apartamento ficava no oitavo andar, pelas janelas seria impossível... Estaria ele escondido na área de serviço? A ideia fez o pavor embolar-se como um gato no estômago de Alice. Sentiu-se tonta. Pensou em abrir a porta e correr, em busca de ajuda. Mas, ao mesmo tempo, ela tinha de saber. Tinha de ver se ele estava lá.

Alice tentava raciocinar. Tentava se acalmar. Tragou o ar pelo nariz e pela boca, com força. Parou de chorar. Destrancou a porta da rua. Deixou-a entreaberta. Em seguida, caminhou de volta à cozinha com toda a coragem que lhe foi possível reunir. Parou à entrada. Olhou a porta de correr da pequena área de serviço. Avançou. No caminho, armou-se com uma grande faca de churrasco. Deu três passos em direção à área. Parou.

– Desgraçado! – berrou, enquanto abria a porta da área. – Desgraçado!

Mas berrava para ninguém. Só havia ela no apartamento. Ela estava sozinha novamente. Para onde fora o homem? O que queria? Ele voltaria? Como entrara? Alice deveria chamar a polícia? O que fazer?

Não fez nada. Ficou o resto da noite sentada no sofá, acordada, olhando para a porta da rua, acuada, com a faca de cozinha ao seu lado, sentindo medo. Apenas sentindo medo.

A luz do dia trouxe a Alice um pouco mais de segurança. Mas o medo não a abandonou. Sentia-se desprotegida. Sentia raiva e pavor. No trabalho, os colegas perceberam que ela não estava bem. Foi com certa dificuldade que ela contou para Ana Luisa, sua melhor amiga:

– Um homem entrou no meu apartamento, esta noite.

Quando contou a história à amiga, não conseguiu evitar as lágrimas. Ana tentou consolá-la:

– Calma, Alice. Calma... Quem sabe procuramos a polícia?

– E dizer o quê? O que eles podem fazer?

– É... – Ana pensava. – Mas você pelo menos deveria trocar a fechadura da porta.

– Deveria – concordou Alice. – Já pensei nisso. Mas, sabe, algo me diz que nem isso vai adiantar. Tenho a sensação de que aquele homem pode entrar na minha casa quando ele quiser. Algo me diz que ele tem poder sobre mim.

Ana estremeceu. Também ela sentiu medo.

Naquele mesmo dia, Alice trocou a fechadura da porta. Instalou uma cheia de aparatos.

– Essa é difícil de ser arrombada – garantiu o chaveiro. – Não é qualquer um que abre essa fechadura.

Não foi o suficiente para ela se sentir segura. Alice dormiu, sim, mas sua noite foi sobressaltada por pesadelos breves, verossímeis e, sobretudo, assustadores.

Na manhã seguinte, sentia-se melhor. Começou mesmo a duvidar de ter visto o homem. Talvez fosse uma alucinação... A ideia a consolava. Com o passar das horas, foi acreditando cada vez mais nela. Com o endosso de Ana Luisa:

– Claro que foi alucinação. Só pode ter sido isso...

À noite, ao sair do trabalho, o medo se dissipara quase que totalmente. No caminho de volta para casa, Alice ia olhando as vitrines, tentando pensar em outra coisa. Morava a poucas quadras, dez minutos a pé.

Nos primeiros cem metros, porém, Alice passou a sentir uma emoção estranha.

Sentia-se... observada... isso. Alguém a vigiava. Alice olhou para trás, olhou para os lados, nervosa, mas não viu ninguém suspeito. Estugou o passo. A cada metro a impressão tornava-se mais forte – alguém a seguia, ela sabia disso, sabia disso, sabia!

Continuou caminhando velozmente, quase correndo, alerta. No meio da quadra, deu o golpe: girou nos próprios calcanhares e viu. Viu! O vulto de um homem mergulhando no retângulo de luz de uma porta, certamente depois de perceber-se flagrado. Alice ficou observando. Era um bar. Refletiu. Devia ir adiante?

Devia arriscar-se e investigar? Levou a mão ao queixo. Pensou um pouco. Que risco correria ao defrontar-se com seu inimigo num bar, cheio de gente?

Ia lá. Ia! Foi, marchando, decidida. Sua raiva crescia à medida que se aproximava do bar. O desgraçado ia ver! O maldito desgraçado estuprador bandido arrombador invasor de apartamentos!

Alice não entrou no bar: irrompeu. Com tanta fúria que chamou a atenção dos poucos fregueses que bebiam cerveja e cachaça nas mesinhas de fórmica. Era um bar pequeno, um boteco típico. Não havia mais do que uma dúzia de homens espalhados pelo lugar, alguns sozinhos, outros em duplas. Vagabundos que passavam o dia bebendo, operários que tomavam um traguinho antes de ir para casa. Nenhum deles era o homem que havia entrado no apartamento de Alice, na noite anterior.

Ela se sentiu intimidada pelos olhares dos homens. Recuou. Sua raiva e sua decisão subiram ao rosto, transformadas em vergonha. Enrubesceram-na. Alice gaguejou um pedido de desculpas. Saiu. Seu passo agora era menos confiante. Hesitava. Será que o homem havia se escondido no banheiro? Devia voltar e...

Então, o horror.

Do outro lado da rua, na esquina, sob a penumbra de uma árvore, o homem a observava. Alice estremeceu.

Parou. Ficou olhando para ele. Ele para ela. Diretamente. Fixamente. Malignamente.

Então, ele sorriu. E seu sorriso foi uma das cenas mais horrendas que Alice testemunhou na vida. Era um sorriso sádico, de quem antegozava as torpezas que cometeria. Alice gemeu. Começou a chorar baixinho. E correu. Correu desesperada, chorando e ganindo, sem olhar para trás. Só parou de correr ao se ver em casa, com a porta bem trancada pela fechadura nova.

Alice atirou-se no tapete da sala e lá permaneceu por quase uma hora, recuperando a respiração e a calma. Pensou. Arrastou-se até o telefone. Ligou para Ana. Pediria à amiga que dormisse com ela, naquela noite. Mas Ana não estava. Devia ter saído com o namorado.

Não havia mais ninguém a quem pedir ajuda. Alice nunca fora exatamente popular. Não era como Ana Luisa. Ah, não. Ana era desinibida, alegre, atraía os homens como se ressumasse a promessas. Alice, não. Não gostava de sair ou dançar ou ir a bares e, era-lhe difícil confessar, tinha vergonha do próprio corpo. Achava-se gordinha. Argeu, o antigo namorado, se irritava porque ela só fazia sexo com as luzes apagadas. Foi um dos motivos da separação. Argeu já tinha arranjado outra, nem telefonava mais. E se ela ligasse para a polícia... O que a polícia poderia fazer? Não, não. O jeito era crer na eficiência da fechadura nova.

Alice jantou sozinha. Sempre jantava sozinha. Sempre sanduíche. Assistiu a um pouco de TV. Resolveu ler na cama. Deitou-se, folheou a revista e então lembrou do homem abrindo a porta. Sentiu calafrios. Decidiu tentar dormir. Surpreendentemente, o sono lhe veio em pouco tempo. Não teve sonhos. Dormiu profundamente.

Até que, no meio da madrugada, um ruído a despertou. Algo no quarto. E o medo voltou. De olhos fechados, deitada de bruços, Alice começou a tremer.

Ele estava lá. Ela sentia. Podia ouvir sua respiração.

Alice não queria abrir os olhos. Não queria virar-se e olhar. Mas também estava curiosa. Abriu os olhos. Virou-se.

Ele estava lá. Parado no meio do quarto. Observando-a. Os olhos malévolos brilhando no escuro. Como havia entrado? O que desejava? O que faria? Alice estava à sua mercê. Ele continuou parado, imóvel, por mais alguns segundos.

Moveu-se, enfim. Deu as costas a Alice. Saiu do quarto. Fechou a porta. E se foi.

Alice ficou deitada, fitando a porta, sem dormir. Assim permaneceu, até de manhã. Chegou a pensar em sair, em trabalhar, mas tinha medo de que ele estivesse no corredor do edifício, esperando-a. Ou que o encontrasse na esquina, como na noite anterior. Ligou para o trabalho, disse estar doente. Passou o dia em casa, conferindo se a porta estava trancada, temendo encontrá-lo em cada peça, preocupando-se com a chegada da noite.

Parte 2

E a noite chegou. Antes das 22h, Alice cabeceava de sono. Resistiu mais algum tempo, pouco mais de uma hora. Zonza. Mole. Adormeceu diante da TV.

Despertou às 3h – viu a hora na luz vermelha do relógio do vídeo. Demorou algum tempo até perceber que estava no sofá da sala, com a TV ligada.

Aí, compreendeu: a TV. Desligada! Alguém a desligara. Ele! Só podia ser ele. Ele devia estar por ali, esgueirando-se nas sombras.

Alice apoiou os cotovelos no sofá. Ergueu o tronco. Olhou em volta da sala, tentando enxergar no escuro. Ele estava num canto, com o controle remoto na mão. Aquela cena prosaica, um homem com o controle remoto, a confundiu e, ao mesmo tempo, a aliviou. Um homem que vê TV, que, portanto, se interessa pelos assuntos mundanos da existência, não pode ser assim tão invencível e tão diabólico. Além disso, por que ele desligara a TV? Alice pensou: você está dormindo com a TV ligada, alguém chega e a desliga. O que significa esse gesto? Que essa pessoa está preocupada com o seu sono. Que não quer acordá-la. Estranho...

O olhar dele não parecia mais tão frio, nem tão ameaçador.

Ele olhou para ela durante alguns instantes. Depositou cuidadosamente o controle numa mesa próxima. E andou. Ladeou o sofá onde Alice estava deitada. Caminhou lenta, mas decididamente, em direção à porta da rua. Abriu-a. Deslizou para fora. Fechou a porta com suavidade. Alice ouviu o ruído da fechadura – ele trancou a porta pelo lado de fora. Ele tinha a chave.

Alice, surpreendentemente, não sentia medo. De alguma forma, sabia que ele não voltaria mais naquela noite. Algo perturbada, porém experimentando uma difusa sensação de segurança, ela cambaleou até o quarto, deitou-se e dormiu.

No dia seguinte, foi para o trabalho esperando vê-lo encostado no ângulo de alguma esquina. Não o viu. Tampouco à noitinha, ao voltar para casa. Mas, de madrugada, outra vez, mais do que ouvir, Alice sentiu a presença do homem em seu apartamento.

Um ruído surdo na sala. Passos leves. A porta do quarto se abrindo.

Ele.

Desta vez, Alice apenas levantou a cabeça do travesseiro, olhou-o, curiosa, e grunhiu, cansada e irritada:

– Ah! Fica aí, se quiser.

Deixou a cabeça desabar outra vez no travesseiro. Sequer o olhou. Recusava-se a olhá-lo. Que ele fizesse o que bem entendesse. Ela não poderia se defender mesmo. Menos de um minuto depois, ouviu que a porta do quarto se abria. Ele saía. Fechava a porta. Caminhava pelo corredor. Abria a porta da rua. Chaveava-a por fora. Ia-se embora.

Alice suspirou e dormiu.

As coisas continuaram assim. Alice via o homem quando ia ou quando retornava do trabalho. Sempre do outro lado da rua, observando-a. Só que agora não parecia uma fera à espreita. Era mais um vira-lata ansioso. À noite, ele aparecia por volta das 3h da madrugada, ficava um ou dois minutos no quarto, de pé, em silêncio. Olhando para ela. E se ia.

Mesmo à noite, mesmo quando estavam a sós, Alice não achava mais que o olhar dele fosse ameaçador. Não mais via algo de maligno em sua presença. Entendeu que o que vira antes, os olhos do Mal, o sorriso sádico, tudo aquilo foram produto do horror e do susto. Agora, sequer sentia medo. Na verdade, não sabia bem o que ele lhe transmitia. Só falava a respeito com sua amiga Ana Luisa. Que se espantava:

– Como você pode aturar uma situação dessas? Você tem que fazer algo! Esse homem é uma ameaça!

Alice não concordava.

– Sabe que não tenho mais medo nenhum dele? Acho que ele é... tímido. Engraçado isso... Encontrei alguém mais tímido do que eu.

– Não vejo nada de engraçado! Acho essa história absurda, acho que você está se arriscando!

Alice pensava sobre os argumentos da amiga, mas não fazia nada. Acostumou-se a vê-lo na rua, a ouvi-lo entrar no apartamento de madrugada. Acordava, levantava a cabeça, olhava para ele parado no quarto, de pé, vigilante, vez em quando ela murmurava:

– Oi.

Ele não respondia. Ela voltava a dormir.

O que mais a acalmava eram os pequenos sinais de humanidade que havia nele. Um dia, ele escorregou quando a seguia, do outro lado da rua. Quase caiu. Ela riu às gargalhadas. Noutra noite, ele apareceu em seu quarto de tênis vermelho. Uns tênis horríveis, daqueles que têm sinaleira luminosa no calcanhar. Antes de deitar a cabeça no travesseiro, Alice zombou:

– Que tenisinho, hein?

Ele olhou para baixo, para os pés. Pareceu envergonhado. Alice riu.

Outra noite, Alice havia feito um bolo de chocolate e decidiu oferecer uma fatia para ele. Deixou um pratinho no quarto, sobre uma cadeira. Quando ele entrou, olhou para o prato, curioso. Ela:

– É para você.

Ele olhou para ela. Para o prato outra vez. Abriu a boca. Ia dizer algo. Dava a impressão de estar emocionado. Fechou a boca. Olhou para ela com um brilho agradecido nos olhos. Alice sorriu e adormeceu. De manhã, o prato estava na pia da cozinha, lavado.

Passou-se um mês. Nada mudou. Só sua amiga Ana Luisa ficava a cada dia mais escandalizada.

– Você está maluca??? Esse homem é um tarado! Qualquer dia desses ele vai estuprá-la, seviciá-la, cortá-la em pedaços!!!

Alice balançava a cabeça.

– Não acho... Acho que ele só quer me olhar e, você não vai acreditar: às vezes sinto que ele quer me proteger... – Alice ficou pensativa. – E me sinto bem. Pela primeira vez, sinto que existe alguém realmente preocupado comigo.

– Você está louca! – berrava Ana, furiosa. – Esse sujeito obviamente é um maluco. É um assaltante. Como acha que ele entrou na sua casa abrindo duas fechaduras diferentes?

Esse argumento deixava Alice inquieta.

– Não sei – respondia. – Não sei mesmo.

– Porque é um assaltante! – continuava a outra. – Ele conhece fechaduras! Sabe como abri-las! Já fez isso antes. Vai acabar matando-a!

Alice estremecia.

– Será?

– Claro, amiga! Você tem que fazer alguma coisa. Tem que fazer!

Alice hesitava. Mas, quando encontrava o estranho novamente, sentia que não precisava ter medo algum. Curioso – ele havia lhe inspirado tanto medo, um medo inédito em sua vida, e agora parecia inofensivo... Quando dizia isso a amiga se enfurecia:

– Você está maluca! Maluca! Ele vai fazer algo de muito ruim ainda!

E, de novo, Alice estremecia. E, de novo, vacilava.

Até que Ana Luisa tomou a decisão por ela.

Uma manhã, Alice chegou ao trabalho e encontrou a amiga excitada.

– Resolvi o seu problema – falou Ana, pulando de entusiasmo. – Resolvi!

O coração de Alice apertou-se-lhe no peito.

– O que você fez? – perguntou.

– Falei com um amigo meu que é comissário de polícia. Contei o caso a ele. Ele disse que hoje à noite vai apanhar uns colegas e fazer uma campana na frente do seu apartamento. Vai pegar esse cara e dar um jeito nele, ah, vai!

Ana esfregava as mãos, contente. Alice ficou angustiada:

– Não sei...

– Como não sabe??? Sabe, sim! Esse sujeito é um tarado, um maníaco! Vamos resolver isso e já!

Alice não falou mais nada. Não falou muito mais no restante do dia. Sentia-se mal. O que Ana queria dizer com "dar um jeito nele"? O que iam fazer com ele? Por que Ana estava tão interessada naquilo? Era a sua vida, poxa! A sua vida! Não pedira ajuda de ninguém. Estava se saindo muito bem sozinha!

Mas também não tinha forças para argumentar com Ana Luisa. O que poderia dizer? Que estava "gostando" de ter um estranho no seu quarto todas as noites?

Saiu do trabalho em silêncio, mal ouvindo Ana Luisa, que repetia que seu amigo ia dar um jeito no tarado, ia acabar com aquele absurdo. No caminho para casa, torcia para encontrar o estranho. Não sabia bem o que faria, quando o visse. Talvez o avisasse que o esperavam na porta do edifício, talvez lhe fizesse algum sinal. Não sabia. Mas sentia-se desleal para com ele. Parecia que o traía.

O estranho, porém, não apareceu. Na frente do seu edifício, de fato, lá estavam os homens. Quatro mal-encarados nada discretos, dentro de um carro de quatro portas. Quando ela passou, um dos homens, o que estava à direção, acenou para ela, sorridente. Devia ser o amigo de Ana. Estremeceu. Teve medo daqueles homens. O que pretendiam fazer com o tímido estranho que a visitava diariamente?

Alice entrou em casa. Não jantou. Não tomou banho. Não ligou a TV ou o som.

Apenas esperou por ele. Estava decidida. A contar-lhe tudo, a pedir desculpas, a dizer que não fora ideia dela, a implorar para que ele ficasse no apartamento naquela noite. A conversar com ele.

Sim, conversariam. Contariam as coisas um ao outro. Ela confessaria que também era tímida, diria que queria muito a amizade dele. Para ter alguém com quem ir ao cinema, alguém com quem falar de música, de livros... Quem sabe até eles se conhecessem mais, acabassem se gostando... Isso... Por que não?

Alice esperou. Esperou. Continua esperando. Passaram-se anos já, e o homem nunca mais voltou. Até hoje ela acorda de madrugada, ansiosa, olha para os lados, pensando vê-lo em cada sombra na parede, em cada casaco dependurado no cabide. Até hoje, Alice desperta ao menor ruído, à noite. Até hoje, Alice caminha atenta, na rua, olhando sempre para o outro lado da calçada. Mas ele nunca mais apareceu. Ele nunca mais invadiu sua vida. E a vida de Alice continua igual. E Alice continua só.

Camisa 1

Eram do Pão dos Pobres, e resolveram montar um time de futebol. Jogo tinham. Um era o Aírton Pavilhão da bola de meia, outro o cerebral Larry do terreno baldio. Faltava, sim, arrumar o dinheiro do fardamento, das botinas, da bola de couro. Para time de vila isso é sempre difícil, e mais difícil ficava em 1963.

Que jeito? Saíram a vender garrafa e jornal velho e a espremer limonada e a engraxar sapato. Deu. Encomendaram o uniforme. Uma beleza. Listradinho. Pena ninguém ter máquina para bater a foto. O time até parecia que jogava melhor, corria mais, que se entendia mais assim, todo mundo igualzinho. O campinho era ali no Pão dos Pobres mesmo, de chão batido, de goleira de sarrafo. Campinho glorioso, de onde saíra Salvador, aquele centromédio do Inter dos anos 50.

Bom. Uma manhã de inverno, domingo, fazia um frio bárbaro. O tal de renguear cusco. O minuano uivava lá para os lados do rio. Entortava as paineiras. Fazia levantar as golas. E tinha jogo no campinho. Jogo brabeza, jogo duro. De campeonato.

Meia hora antes, estava todo mundo lá – o adversário olhando feio, o pessoal do time saltitando de braços cruzados. Faltava só o goleiro. Onde andava? Ele era fome, não perdia nem jogo de três-dentro-três-fora. Não ia pipocar justo naquela partidona.

O tempo ia passando, já estava na hora do jogo, o juiz consultando o cebolão dele, cismado, e nada do goleiro. Cadê o desgranido? Reserva, reserva, não havia, mas um beque lá até atacava no gol, quando tinha que atacar. O negócio era botar o becão debaixo dos paus mesmo. Mas, e a camiseta? O goleiro morava pertinho, ali na Baronesa, era só buscar a camiseta, e pronto. Resolvido. Quem vai? Quem vai?

Decidiram ir todos. Combinaram com o juiz, com os adversários, e saíram, o time inteiro. Foram correndinho até a Baronesa. Cada vez mais frio, cada vez mais frio. Chegaram lá azoando no paralelepípedo das ruazinhas, a trote, puf, puf, xingando cachorro, chutando lata, rindo, rindo, chamando o goleiro de sacana. Pararam diante da casa dele. Uma casinha. Casebre. De madeira. Até meio torta para um lado.

Estava fechada. Bateram.

Nada.

Bateram de novo. Esperaram. Lá de dentro vieram uns passos fraquinhos e uma tosse comprida. A porta se abriu devagar. O escuro da casinha foi iluminado pela luz cinza do inverno de Porto Alegre. Sob o vão da porta surgiu uma mulher, uma senhora, toda encolhida, coitadinha, meio que gemendo de frio, o nariz fungando, os olhos vermelhos, a mão esquerda na maçaneta e a direita apertando o braço esquerdo. Fitou-os com seus olhos tristes de vira-lata pidão. Ciciou um bom-dia entre os dentes. Perguntou o que queriam. Ninguém respondeu. Olhavam para ela, mudos, de boca aberta. Ficaram assim alguns segundos, até que o centroavante atinou em gaguejar:

– Desculpa. Foi engano.

Foram embora cabisbaixos. Era a mãe do goleiro. Ela e sua sainha rota, seus chinelos de dedo. Ela e a camisa número 1 do time, camisa de bom tecido e mangas compridas. Quentinha, decerto. Bem quentinha. E preta, como toda camisa de goleiro tinha de ser, nos anos 60.

Naquele dia, o goleiro reserva do time do Pão dos Pobres jogou com uma camiseta vulgar, de manga curta e o 1 das costas riscado a carvão. Tudo bem, sem problemas. Sem problemas.

Traição na cabeça

Feliciano estava especialmente predisposto ao sexo selvagem naquela noite. Sentia-se macho. Sentia-se um animal. Rosnava e gania, enquanto apalpava todas as curvas, todas as reentrâncias, enquanto acariciava Carolina inteirinha. Ela gemia como uma ursa colocando supositório e se contorcia como uma enguia com coceira e uivava como uma guepardа fazendo tratamento de canal e então, como três tigresas tristes num trigal, sussurrou:

– Eu nunca vou te trair.

Feliciano parou. Ficou estático. Pensando.

– Por que tu disseste isso? – perguntou, desgrudando os caninos da jugular dela e fincando-lhe nos olhos amendoados uma lasca de desconfiança.

Ela:

– Por nada. Continua. Continua!

Ele continuou. Mas sem o ímpeto de antes. Havia se desconcentrado. Só especulava: por que ela disse aquilo? Por que ela disse aquilo?

Acabou não sendo uma boa noite, afinal. E a manhã tampouco foi das melhores. Feliciano tomou café olhando o tempo todo, disfarçadamente, para Carolina. Avaliando-a. Sopesando cada bocejo dela. Ela notou, claro. Sabia-se observada. O que a deixava nervosa. Então, pensou: se ele perceber que estou nervosa, vai achar que estou escondendo algo. Quer dizer: não posso, de jeito nenhum, parecer que estou nervosa. Não posso, não posso, não posso!

Carolina ficou ainda mais nervosa, tentando não parecer nervosa. Tanto que Feliciano percebeu. E pensou: ela está nervosa. Aí tem. Aí tem!

Carolina chegou a suspirar de alívio quando ele terminou o café e disse que ia trabalhar. Ele, por sua vez, pensou: ela suspirou de alívio quando eu terminei o café e disse que ia trabalhar. Aí TEM!!!

À porta, no momento da tradicional bicotinha de despedida, Carolina decidiu falar algo para tranquilizar o marido. Disse:

– Eu nunca vou te trair.

A frase entrou pelos ouvidos, pelos olhos, pelos sete buracos da cabeça de Feliciano e correu-lhe pelas veias e lhe inchou o coração e intumesceu-lhe a garganta e ele queria gritar malditaaaaaaa!, mas não gritou, apenas arregalou os olhos e abriu a boca seca e, com o fio de voz que lhe restava, ciciou:

– Ti-au.

E foi embora, deixando Carolina boquiaberta na soleira da porta, pensando o que deu nesse homem? E chegou ao treino irritado, que Feliciano era zagueiro, e os zagueiros volta e meia estão de mau humor.

Ficou lá, uf!, uf!, fazendo abdominais, uf!, uf!, e, de repente, o goleiro Jorlan, se exercitando ao lado dele, perguntou:

– Como vai a Carol?

Feliciano quase teve uma torção no umbigo. Por que ele estava perguntando aquilo? Por quê??? Justo naquele dia! Assim, abruptamente! E que negócio era aquele de Carol? Carolina, meu chapa! Ca-ro-li-na! Senhora Carolina, para o senhor!

Mas Feliciano não falou nada disso. Rosnou, apenas:

– Ela está bem.

E se fechou. E ficou ainda mais irritado. Durante o restante do treinamento, só respondeu às perguntas de Jorlan com monossílabos. Na hora do rachão, dividiu uma bola com ele e jogou-o do lado de lá do fosso. Jorlan se levantou, tonto, sacudiu a poeira do corpo, ergueu os braços, gritou:

– Qual é, meu???

Mas Feliciano já lhe dava as costas e se ia para o meio do campo, fumegando de ódio.

Nos dias seguintes, Feliciano continuou observando o comportamento da esposa, adivinhando o significado das posições das vírgulas e da potência dos acentos nas frases dela. Carolina se sentia vigiada. Exasperava-se. E, assim, deixava Feliciano ainda mais desconfiado. Os detritos de dúvida foram se empilhando entre eles. Viraram um muro.

Um dia, Carolina resolveu investigar o que estava ocorrendo com o marido. Apanhou o celular e ligou para Jorlan, que, afinal, era o melhor amigo dele. Falava com o goleiro, aos sussurros, quando Feliciano entrou na sala. Então, desligou rapidamente. Feliciano estremeceu: havia algo errado naquele telefonema, o que era claro e límpido como a consciência do Wianey Carlet. Esperou que ela saísse da sala. Deu de mão no telefone. Verificou o último número chamado. Lá estava: 9989.6446. O número do desgranido ex-amigo doninha infiel cão sarnento sacripanta beleguim Jorlan!

A situação piorava hora a hora. Sobretudo porque Jorlan, preocupado com o amigo, vivia perguntando a Feliciano se estava tudo bem, se estava tudo em ordem, blablablá.

Se ele quer saber se tudo está bem, é porque sabe que tudo está mal, raciocinava Feliciano. E tudo ficava cada vez mais pantanoso, cada vez mais barrento. Todos notavam. Até o técnico, o Professor Rodimar, notou. E resolveu ministrar a seu jogador uma dose extra de confiança. Chamou-o a um canto do vestiário, pousou a mão em seu ombro, indagou o que havia. Feliciano balançava a cabeça: nada, nada.

– Bom – arrematou o treinador. – Quero que tu saibas de uma coisa, Feliciano: tu és o meu titular.

Feliciano emudeceu. Avermelhou. Arroxeou. Pretejou. Embranqueceu. Que conversa era aquela? Então, o Professor Rodimar queria atirá-lo nas trevas da reserva??? Sim, pois se não quisesse, por que falaria aquilo? Todos estavam contra ele. Desgraçados! Feliciano tentou, mas não conseguiu articular uma palavra. Olhou para o técnico com a fúria de um torcedor do Galatasaray. Deu-lhe as costas. Marchou para fora do vestiário. A noite foi medonha para Feliciano. Não dormiu. Pensou, tão somente. Pensou, pensou. Só foi dormir pela manhã. Acordou perto do meio-dia, estremunhado. Carolina não estava. Ia ao dentista, ou algo que o valha. Mais um de seus despistes. Certamente ela se encontrava na alcova, com o amante odiado, fornicando no pecado, a Messalina, a Salomé, a Lucrécia Bórgia, a imperatriz Teodora, a prostituta da Babilônia!

As resoluções da madrugada, que fermentavam no fundo do cerebelo de Feliciano, borbulharam naquele instante. Mataria as duas capivaras traidoras. Sim, mataria. MATARIAAAA!!! E viveria em paz.

Uma arma. Precisava de uma arma. Quem tinha uma arma? O Professor Rodimar! Isso. O Professor Rodimar era até campeão de tiro. Foi à casa dele, alucinado. Chegou lá suando muito. Espancou a porta como se ela fosse o nariz do Jorlan. O professor veio correndo. Antes mesmo de dizer bom-dia, Feliciano berrou:

– Preciso de uma arma! Preciso de uma arma!

O Professor, de chinelos e roupão, levou a mão ao ombro do zagueiro.

– Calma – ciciou, e havia afago em sua voz. – Calma. Vem cá – pegou Feliciano pelo braço, levou-o até um sofá, fez com que sentasse. – Espera um pouquinho, vou ali dentro e já volto. Enquanto isso, deita aqui, descansa. Já volto.

Saiu por uma porta. Falou com alguém. Em minutos, voltou com uma xícara de chá. Camomila.

– Toma – ofereceu.

Feliciano bebericou sofregamente.

– Que negócio é esse de arma? – quis saber o Professor. – O que está acontecendo contigo, meu zagueiro, meu campeão, meu capitão?

Zagueiro. Campeão. Capitão. Aquelas três palavras tocaram em algum ponto sensível no ventrículo esquerdo de Feliciano, e ele se pôs a chorar e contou tudo, aos soluços, suas dúvidas, suas angústias, sua dor. A possível cornice. A traição da mulher com o melhor amigo. A reserva iminente.

O Professor Rodimar riu e sua risada era uma brisa e ajudou a acalmar Feliciano. O Professor Rodimar, então, falou. Como se fizesse uma preleção só para ele.

Como se os dois estivessem no recôndito do vestiário, antes de uma decisão. Falou em paranoia, em loucura temporária, em fantasmas, em sofrimento inútil. Repetiu que Feliciano era o seu capitão, que sempre seria titular, explicou que certamente era isso que Carolina queria lhe dizer, naquela noite, garantiu que tudo estava certo, que Jorlan gostava dele, que todos gostavam dele! E Feliciano debulhou-se em desculpas e confissões, e sua alma se lhe derramou pelos cantos dos olhos, e ele saiu da casa do técnico fungando, jurando que tudo ia voltar ao normal, sim, sim, tudo voltaria ao normal.

Dever cumprido, o Professor Rodimar fechou a porta, suspirou e sorriu. E seu sorriso se alargou. E ele riu. Riu. E gargalhou. E chorou de rir. E, em meio às gargalhadas, gritou:

– Pode vir!

Lá de dentro, do quarto, ela veio. Carolina. Vestia uma calcinha minúscula e calçava escarpins. Nada mais.

– Ele já foi? – perguntou, ajeitando os cabelos.

– Já – informou o Professor, sentando-se no sofá, dando um tapinha na coxa e ordenando, fagueiro: – Senta aqui.

Ela sentou, obediente, beijou-lhe a testa, ronronou que o amava muito, que estava doente para se separar daquele maluco do Feliciano. Imaginou os dois vivendo juntos, sempre juntos, disse que seria tão bom, e jurou:

– Eu nunca vou te trair. Nunca.

Lucinha dos livros

Ninguém sabia bem de onde tinha vindo Lucinha. Gaúcha, não era. Falava com um sotaque estranho. Seus erres eram todos maiúsculos. Gordos. Seus eles meio corcundas. Chegou a Porto Alegre décadas atrás. Era linda, Lucinha. E culta. Adorava ler. Lia de tudo. De James Joyce a rótulo da Pomada Minâncora.

Mas Lucinha era pobre. Não dispunha de dinheiro para comprar livros. Até porque os livros, como as roupas e as comidas, custavam muito mais, naquela época. Um problema. Também não havia bibliotecas. Seus amigos não cultivavam o hábito da leitura. Não tinha nem como pedir emprestado. Lucinha se esforçava fazendo hora extra como costureira de uma fábrica de roupas, mas, ainda assim, o que sobrava não dava para comprar nem *Tio Patinhas.*

Até que um dia, ao ler *Moll Flanders*, uma ideia fez tremeluzir o cérebro de Lucinha: daria seu corpo em troca de livros. Isso! Pois, para ela, a literatura estava muito acima de quaisquer óbices morais. E, afinal, o que mais ela possuía de precioso, além de carnes tenras e rijas, pele suave e quente, seios firmes e arrogantes, nádegas empinadas e arredondadas, coxas fortes e onduladas? O que mais? Ahn?

Sim, era o que faria. Emprestaria aos homens sequiosos de prazer as benesses de seu corpo e receberia seus amados livros como pagamento. Precisava apenas achar um local onde houvesse uma razoável quantidade de homens e que eles ganhassem mais ou menos bem. Que local era esse? As imediações dos estádios de futebol, claro.

Foi o que fez. Mudou-se para perto de um dos estádios e passou a atuar. Com empenho de profissional. Não rechaçava nada – não havia subliteratura nem homem feio para Lucinha. Embora, claro, seguisse lá os seus critérios. Se o gajo aparecesse com um livreto infanto-juvenil, teria direito a carícias rápidas. Livros de bolso valiam uma dose maior de ousadia. Lucinha apreciava os romances noir – um bom Raymond Chandler ou um David Goodis garantiam uma noite de sexo completo, embora civilizado. Sexo selvagem, só com os clássicos. Um velho meia-esquerda argentino a presenteou com a coleção de Dostoiévski e teve aquele que chamou de o mais louco de todos os dias. Um técnico de sucesso veio com os sete volumes encadernados de *Em busca do tempo perdido* e passou um fim de semana no Valhala.

Assim foi. Durante anos, jogadores, treinadores, dirigentes e árbitros da cidade se cevaram nas carnes rijas de Lucinha. Durante anos, ela acumulou livros e amantes. Alguns se apaixonaram. Propuseram-lhe casamento. Mas Lucinha jamais desenvolvera gosto pela vida doméstica. Queria ser livre para viajar pelos mares de Conrad, pelas ferrovias de London, pelas estradas de Kerouac, cavalgar pela Espanha de Cervantes, andar nas carruagens parisienses de Balzac, envenenar-se com as tramas de Agatha Christie, rir com as ironias de Machado. Mas o maior drama era conversar com os jogadores. Como dialogar com alguém que só lê a Bíblia?

Os jogadores perceberam que tinham esse defeito técnico, algo como cabecear de olho fechado ou não saber chutar com a canhota. Trataram, então, de saná-lo. Com o que, pela primeira e até agora única vez na história do futebol gaúcho, os jogadores foram obrigados a conhecer literatura. Eram vistos depois dos treinos discutindo Camus ou Steinbeck, com alentados tomos sob os braços suados nos vestiários, frequentando as livrarias da Rua da Praia, recitando poesias de Fernando Pessoa no Largo dos Medeiros.

Mesmo assim, Lucinha prosseguiu livre. Hesitou apenas uma vez, quando um dirigente algo culto, advogado, professor de faculdade, propôs fazer dela teúda e manteúda. Ele lhe montaria casa, lhe daria uma verba mensal para suas "coisinhas". Mas Lucinha vivia bem sem ele. Pois, além dos livros, os amantes a mimoseavam com outras pequenas prendas. Doces, comidinhas, flores, roupas finas. Sim, Lucinha viveu a vida que sempre quis.

Mas os anos... Eles passam. Lucinha foi envelhecendo. Seu cabelo já não tinha o antigo viço. Sua pele não era mais tão elástica. Seus músculos amoleciam pateticamente. Não que ela se importasse com a beleza física. Não. Não havia lugar para futilidades no mundo de Lucinha. Só que os homens foram se desinteressando. Chegou o tempo em que só era frequentada por veteranos, juvenis ou reservas. Que lhe ofereciam, no máximo, livros técnicos. Num final de tarde, um lateral direito em fim de carreira bateu à sua porta com livrinho de Moral e Cívica. Sem capa. Lucinha aceitou. Mas, depois que o lateral se foi, ela compreendeu: seu tempo acabara. Algo teria de mudar. Tudo, talvez.

Lucinha passou três dias encerrada em sua velha casa, à sombra do estádio. Pensava e lia. No meio de *O retrato de Dorian Gray*, se decidiu. No dia seguinte, passou à ação.

Lucinha abriu um sebo. Uma livraria gigantesca, repleta de livros de todas as procedências, livros raros, valiosos, livros de literatura, de história, de geografia, clássicos, livros que ninguém mais tinha, pelos quais muitos ansiavam.

Assim, os atletas foram lentamente se desinteressando pela literatura. Assim, eles se esqueceram de Lucinha e dos livros que davam acesso a ela. Assim, Lucinha viveu o resto de seus dias. Entre seus amados livros. Vendendo antigos para comprar novos. E, nos seus últimos anos, descobriu um novo prazer. Que se repetia a cada livro vendido e que não era mais um prazer literário. Lucinha ia entregar o livro ao freguês e, por um momento, parava.

Olhava para o livro. Folheava-o. Acariciava suas bordas. Recordava. E sorria.

A mulher do Feliciano

Priscila só encontrou a felicidade sexual ao casar-se com o zagueiro Feliciano. Mas não exatamente na vida com ele, e sim traindo-o.

Até se casar, Priscila jamais havia experimentado um orgasmo. Mesmo logo depois do casamento sua vida sexual era tão emocionante quanto um seminário de ortodontia. Não que fosse conservadora ou tímida. Só que faltava... alguma coisa. O quê? Não sabia. Então, um dia ela o traiu. Com seu colega de time, o lateral esquerdo Róbson.

Aconteceu abruptamente. Eles haviam recebido um grupo de amigos do time para um jantar. No final da noite, Feliciano se encontrava embriagado até o branco dos olhos. Os convidados foram saindo. Restaram apenas ela, Róbson e Feliciano, que dormia sobre o prato de risoles. Priscila sabia que estava especialmente desejável naquela noite. Sentia-se, além de mulher, fêmea. E percebera que Róbson havia passado o tempo todo vigiando suas cruzadas de pernas. A situação tornara-se perfeita. Foi com o corpo formigando que ela se levantou do sofá, com os mamilos em fogo que ela olhou para Róbson, com a voz trêmula de sensualidade que ela propôs:

– Vamos até a cozinha? Pegar... um vinho?

Ele a acompanhou. E, mal cruzaram a porta que separava a cozinha da sala, pulou sobre o alvo pescoço de garça dela com uma ousadia surpreendente para um lateral, e enfiou-lhe os caninos com ânsia, e cheirou-a toda como se quisesse sorvê-la pelas narinas. Possuiu-a com violência, entre inocentes sobras de salada de maionese e cândidas fatias de torta de bolacha.

Justamente no momento em que Priscila se abandonava nas garras do lateral esquerdo, seu casamento atingiu o ápice. Sim, naquele instante de sexo animal, em que, mais do que penetrada, estava sendo transfixada, mais do que mordida, estava sendo dilacerada, mais do que arranhada, despedaçada, ela foi, mais do que nunca, a esposa dedicada de Feliciano. Porque ela só pensava em Feliciano, só gania e urrava em memória de Feliciano. Lembrava que o marido dormia mansamente na sala, lembrava o quanto ele a tratava bem e a intensidade do seu amor, e tudo isso a fazia sentir-se perversa e pecadora, e a sensação do pecado e o prazer do crime tomaram conta de seu corpo como se não fosse ela que estivesse ali, mas outra, muito mais selvagem, má, bela e livre. E Priscila provou um gozo profundo que nunca provara, e depois do gozo desmanchou-se na paz do prazer.

Minutos depois, ela vestiu as calcinhas às pressas e praticamente enxotou Róbson do apartamento. Fechou a porta. Virou-se para a sala. Olhou para o marido. E sentiu a ternura invadir-lhe o peito. Sentiu um amor infinito por ele. Que homem bom ela tinha! Que homem extraordinário! Juntou-o em sua embriaguez e, cheia de carinho, o despertou e o carregou para a cama.

Na cama, acarinhou um Feliciano balbuciante de bêbado, excitou-o e fez amor com ele de uma maneira meiga como jamais fizera, e atingiu outro orgasmo, dois numa única noite, embora houvessem sido absolutamente diferentes, um enlouquecido, outro sereno, mas foram dois, ela que, antes, nunca tivera um.

Sucedeu que Priscila gostou da experiência. Passou a repeti-la semanalmente. Variava. Ora se encontrava com um meio-campista, ora com o centroavante, vez em quando com algum reserva. Sempre com um colega de Feliciano. Quanto mais próximo de Feliciano fosse o amante, melhor. Ela tinha era que se sentir vil, torpe, uma cachorra. E, quanto mais baixo ela descia, mais amor sentia por Feliciano, mais intensas eram suas sessões de sexo com ele, melhor se tornava seu casamento.

Priscila se transformou em personagem célebre no clube. Todos a haviam "conhecido" no velho e aprazível sentido bíblico. Do terceiro goleiro ao presidente, passando pelo técnico e o roupeiro. Todos, menos um: Lopes. O quarto-zagueiro Lopes jogava ao lado de Feliciano. Era seu melhor amigo e capitão do time. Era íntegro. Sério. Leal. Não admitia aquela infâmia. Repreendia os colegas, tinha pena de Feliciano.

Mas Priscila não desistia de tentá-lo. Achava que teria a maior experiência sexual da sua vida se conseguisse seduzi-lo e arrastá-lo para o seu próprio leito nupcial, para a cama que dividia com Feliciano, o grande amigo dele. Lopes, no entanto, fugia dela. Sequer a olhava.

Um dia, ele estava só, em casa, pensando exatamente nas desventuras de seu amigo Feliciano, quando a campainha soou. Abriu a porta.

Priscila.

Linda.

Um sorriso de promessa nos lábios vermelhos. Um olhar blasé pronto para hipnotizá-lo.

Ela nada falou. Foi entrando. Fechando a porta. Enlaçando-o pelo pescoço. Grudando seus lábios nos dele. E Lopes sentiu seu gosto quente e seu cheiro doce e a textura suave da sua pele e a rigidez dos bicos de seus seios e a abraçou com violência e a desejou do jeito que nenhum homem pode desejar uma mulher e aí lembrou-se: Feliciano! O amigo! Gritou:

– Maldita!

Apanhou-a pelo braço. Arrastou-a com violência até a porta. Empurrou-a para fora como se ela fosse um vira-lata pulguento. Mandou-a embora humilhada e derrotada.

Lopes não dormiu naquela noite. Ficou pensando no amigo e em sua mulher. Vagabunda, repetia para si mesmo. Vagabunda! Tinha de fazer algo. Tinha de fazer algo!

Priscila também não conciliou o sono – sentia que algo de horrível aconteceria. Ele vai contar para o Feliciano, pensava. Vai ser uma tragédia. Desgraçado, moralista, puritano, miserável!

De fato, no dia seguinte, Lopes apareceu no clube bem cedo, antes das faxineiras. Esperou, sentado a um canto, que os colegas chegassem ao vestiário. Quando os jogadores, o técnico, o preparador, quando o time inteiro estava reunido, ele desabafou. Subiu num banquinho, feito um candidato a vereador, e contou tudo, aos brados, olhando nos olhos do estupefato amigo Feliciano: que sua mulher o traíra com todos ali.

– Todos eles, Feliciano! – e com um gesto açambarcou o vestiário, os colegas boquiabertos e imóveis. – Todos, meu bom amigo! Todos!

Depois disso, suspirou. Desceu do banquinho. Postou-se à frente de Feliciano. Levou a mão direita ao ombro esquerdo dele. Silêncio e prostração no vestiário. Feliciano continuou mudo. Paralisado. De cabeça baixa. Ficou assim por talvez um minuto, ou cinco, ou dez. Ninguém falava ou se mexia. Ninguém.

Finalmente, Feliciano levantou a cabeça. Levantou devagar. Olhou para Lopes. E nos seus olhos havia fúria. As paredes do vestiário tremiam com a tensão.

– Traidor!

Era Feliciano quem gritava. E gritava para Lopes:

– Traidor!

E, gritando sempre, acertou-lhe um soco no queixo, um soco tão forte que Lopes caiu, e Feliciano montou sobre ele e socou-o uma, duas, vinte vezes, berrando sempre:

– Traidor! Traidor! Traidor!

A custo foi retirado de cima do ex-amigo. Que, depois daquela manhã, tornou-se também ex-capitão, ex-titular, ex-funcionário do clube, ex-futuro amante da mulher de Feliciano.

A Cantada Infalível

Depois de sete dias e sete noites em que esteve sumido misteriosamente, o lateral esquerdo Juninho reapareceu na sede do Huracán. Chegou com um meio sorriso vitorioso a lhe iluminar o rosto, um gingado cheio de segurança lhe conduzindo as pernas e uma palavra entre os dentes:

– Descobri.

Só repetia isso:

Descobri.

Os amigos do Huracán já estavam irritados:

– Descobriu o que, desgranido?

Então ele respirou fundo, fez seu sorriso luzir ainda mais e tascou:

– A Cantada Infalível.

Assim, Juninho anunciou a Grande Descoberta. Porque, se você não sabe, vai ficar sabendo: uma das maiores buscas da Humanidade sempre foi A Cantada Infalível. Tão procurada, talvez, quanto o Elo Perdido, a civilização submarina de Atlântida, a Pedra Filosofal e o segredo do cachorro-quente do Rosário.

Sim, A Cantada Infalível! Juninho a descobrira.

Pelo menos era o que dizia. Mas, claro, ninguém acreditou. Queriam provas. Queriam? Tê-las-iam, prometia Juninho, caprichando na mesóclise. Tê-las-iam.

A prova. Os amigos decidiram que teria de ser algo bem difícil.

Fizeram uma votação rápida. Não precisaram de muita discussão. A escolha foi unânime: Aline. Aí estava uma tarefa de Hércules. Aline. A mais bela e presunçosa, arrogante, petulante, convencida e atrevida menina de todo o IAPI, Volta do Guerino e arredores. Vivia com o nariz espetado no firmamento. Se o cara fosse da Zona Norte, ela nem olhava. Se fosse jogador de bola, aí sim, era desprezo total. Tinha nojo de futebol. Só andava lá com uns surfistas mascadores de chiclé, pilotos de carrões faiscantes. Aline. Se ele conseguisse trocar duas frases com a Aline, então era bem possível que tivesse descoberto mesmo A Cantada Infalível.

A prova se deu à noite. Foram para a calçada dos prédios da Coorigha, na Plínio Brasil Milano. A Aline sempre andava por lá, conversando com as amigas, desejável e distante como se estivesse numa capa de revista. E, de fato, lá estava ela, toda airosa. Os amigos riram. Agora é que queriam ver como o Juninho ia se sair. Duvidavam que ele reunisse coragem para se aproximar que fosse. Mas, surpreendentemente, ele não hesitou. Caminhou até ela ereto feito um mordomo inglês, sorrindo. Parou ao seu lado. Ela não notou sua presença. Ou fez que não notou. Então, Juninho levou os lábios até o ouvido direito dela e sussurrou-lhe algo. Uma frase. Ou duas. Não mais. De longe, os amigos perceberam que ela mudou de comportamento. Entesou. Olhou para ele. Olhou para ele! Era a primeira vez que olhava para um jogador do Huracán. Ele tornou a se aproximar do ouvido dela. Falou mais. E mais. E mais ainda. Ela sorriu. Disse algo para ele. Aí, afastaram-se da turma, para espanto das amigas da Aline e dos amigos do Juninho, e saíram a caminhar e a conversar, entusiasmados.

Juninho havia descoberto mesmo A Cantada Infalível. Teve um caso com Aline. E com diversas outras garotas do bairro. Uma por semana. Os amigos do Huracán estavam desesperados.

– Conta qual é A Cantada Infalível! – imploravam. E ele:

– Conto. Mas só quando me aposentar.

Ofereciam-lhe subornos. Faziam-lhe propostas de todo o gênero. Ele:

– Conto. Mas só quando me aposentar.

Só que havia um problema. Sempre há. Alguns, no Huracán, tinham esposas. Outros tinham irmãs. Todos tinham mães. Ou seja: a ameaça de Juninho e A Cantada Infalível pairavam sobre o time inteiro.

Aquilo foi prejudicando o rendimento da equipe. O Huracán era um time perturbado. Não ganhava uma. Além disso, ninguém mais passava a bola para o Juninho. Ninguém cobria os seus avanços pela lateral. Um dia, o técnico flagrou-o conversando com a avó dele – do técnico. Juninho acabou na reserva. Juninho era persona non grata no time. Mais: era *persona non grata* em todo o IAPI. As esposas não queriam que ele fosse amigo dos seus maridos – afinal, ele podia ensinar A Cantada Infalível e, aí, adeus, marido. Os maridos, da mesma forma, temiam por suas esposas. Os pais, pelas filhas. Os avós, pelas netas.

Juninho era odiado.

Juninho era um pária.

Juninho sofria na reserva e no abandono.

Até que ele resolveu tomar uma atitude. Uma atitude simples e inteligente. Num sábado, quando todo o time estava reunido no tradicional churrasco dos sábados, Juninho bateu com o garfo no copo, pediu a palavra, levantou-se, empostou a voz e anunciou:

– Vou casar!

– Oooooooh!

E foi isso. Juninho casou. Com uma antiga namorada, a Mariana, que sempre fora apaixonada por ele – quer dizer, não era uma vítima de A Cantada Infalível. Todos tiraram a mesma conclusão: Juninho havia se cansado da vida de boemia, de festas, de sexo casual, de noitadas selvagens. E, realmente, aquela era uma vida solitária, falsa, uma vida triste. Sim, triste. Juninho tomara a decisão acertada.

Desta maneira, ele reconquistou a amizade e o respeito de todos. E seu lugar no time. Voltou a se adonar da camisa 6 do Huracán e continuou sendo o lateral bom no apoio que sempre fora. Estava tudo certo. Os amigos organizaram uma festa de despedida de solteiro e o Juninho, que coisa!, comportou-se como um escoteiro. Foi o único a sequer olhar para as mulheres. No dia seguinte, véspera do casamento, estavam todos reunidos outra vez, ao redor de uma mesa, no tradicional churrasco dos sábados. Relembravam as peripécias da noite, riam. Sentiam-se bem. Animados. E, a cada cerveja, mais animados. Foi então que o capitão Luciano ergueu-se. Pediu a palavra. Todos silenciaram. Sabiam que ia acontecer algo importante.

– Falo em nome do time – disse. E se dirigia ao Juninho: – Juninho! – bradou, e havia emoção na sua voz. – Nós, que somos teus companheiros, nós que nos criamos contigo, nós que somos do mesmo time, que enfrentamos tantas peripécias, glórias e fracassos, somos nós que pedimos: conta qual é A Cantada Infalível!

Juninho ouviu, e de seus olhos brotaram lágrimas. Levantou-se. Apoiou os dedos da mão na mesa. Suspirou. E, com voz embargada, declarou:

– Conto!

Os amigos, em êxtase:

– Aaaaaaaaaah!

Ele, sentando:

– Mas só quando me aposentar.

A amaciadora do Raimundão

O Raimundão tinha dois metros de altura. Digo tinha porque não sei por onde ele anda hoje. Pode ter crescido, sei lá. Mas tinha dois metros. E era fortão, quase gordo. E falava grosso. E levava um 38 na capanga. E, ainda por cima, usava bigode.

Não havia nada, naqueles dois metros por um e meio, que fosse delicadeza. Sensibilidade não era o forte do Raimundão.

Jogava de goleiro no nosso time de futsal, o Raios Duplos FC. Bom goleiro. Espaçoso. Mas fazia sucesso mesmo como arma secreta. Assim: estávamos perdendo, joguinho dureza, um de nós ia para o gol e o Raimundão puxava uma luva com os dentes, a outra com a mão livre, e ia rosnando para a linha. Ficava lá na frente, perto da área inimiga. Alguém do time tomava a bola e não precisava nem levantar a cabeça, já mandava para o ponto onde o Raimundão devia estar: a marca do pênalti. E ele sempre estava lá, eterno como um mamute congelado. E, se dominava a bola, ou se simplesmente conseguia ajustá-la diante do bico do tênis, mais ou menos em posição de chute, eiba!, o Raimundão chutava. Chutava tudo: a bola pesada, o adversário, o juiz, o parquê solto, o cachorro que passava por perto. Chutava com a perna em chicote, sem se importar com o que estivesse na frente, o pezão subindo feito um aríete a jato, uma bicanca assassina que fazia a bola zunir e apitar, zvuóóóóóó, e, em seguida, cataplan!, ela lascava um tijolo da parede detrás do gol, ou entortava a trave, ou nocauteava o goleiro, ou, o que esperávamos, furava a rede. Gol do Raios Duplos!

Ninguém se arriscava a dividir uma bola com o Raimundão. Os que se arriscaram, o que sobrou deles se arrependeu. Raimundão jamais sentiu piedade, Raimundão nunca se compadeceu. Não era daqueles grandões mansos.

Não. Raimundão se irritava com facilidade. E, quando se irritava, a cara do objeto de irritação geralmente virava algo parecido com um quilo de miojo lamen à bolonhesa. Outra: não gostava de ser contrariado. Se alguém tentava ponderar:

– Mas, Raimundão, eu acho que isso não está certo, eu acho que...

– O QUÊ??? TU ESTÁ DIZENDO QUE EU NÃO ESTOU CERTO???

– N-não, Raimundão, não é nada disso, nada disso, tu me compreendeu mal, é que...

– O QUÊ??? TU ESTÁ DIZENDO QUE EU SOU BURRO???

Um problema, um problema. O mais saudável era concordar com o Raimundão. Por exemplo, o Raimundão era gremista. De vez em quando, ele escolhia um, que sabia ser colorado, levantava-o pela gola e berrava:

– TU É GREMISTA OU NÃO É???

Que saída senão entoar, ufanisticamente, embora quase sem voz:

– A-até a p-pé nós iremos...

Um grosso, o Raimundão. Sensibilidade não era o forte dele mesmo.

Até o dia em que apareceu a Lívia. Tão branquinha, a Lívia, que chegava a ser, realmente, lívida, azuladinha. Lívia era pequena, quebradiça, frágil como uma esperança na madrugada. Qualquer ponto de exclamação regava de lágrimas seus olhos redondos. Qualquer proparoxítona corava-lhe as maçãs do rosto.

Lívia e sua vozinha de gorjeio.

Lívia, que por pouco não se evanescia.

Lívia.

Pois Lívia um dia conheceu Raimundão, e Raimundão se encantou por Lívia. E todos se espantaram: Raimundão e Lívia? Nada mais estranho, nada menos igual. Mas talvez desse certo. Opostos atraídos e talicoisa. Quem sabe Lívia não humanizasse o Raimundão?

Lívia acabou se transformando numa esperança de todos. Porque o clima sempre era tenso com o Raimundão por perto. Claro, a torcida maior vinha dos adversários do Raios Duplos. Achavam que Lívia seria capaz de suavizar o Raimundão inclusive nas quadras. Nós, não. Tínhamos a convicção de que ele amansaria, sim, mas só na hora da cervejinha, depois do jogo.

Uma noite, aconteceu: pela primeira vez, Raimundão levou Lívia para assistir a uma partida. Verdade que o Raios Duplos venceu sem dificuldades, o Raimundão nem precisou sair do gol, mas todos acreditamos que a tranquilidade dele durante o jogo ocorrera devido à presença diáfana de Lívia no lado de fora da quadra.

Toda aquela paz fez-nos ir sorridentes para o churrasquinho. Muita alegria, muita descontração, muita cervejinha. Talvez até demais, porque, num dado instante, Alfredinho, o ala do adversário, resolveu falar mal do ponta-direita Tarciso, do Grêmio. Por favor! Todos sabiam que o Raimundão não admitia que se falasse mal do Tarciso. Foi o que ele disse. Trovejou, na verdade:

– Não gosto que falem mal do Tarciso!

Lívia sorriu seu sorrisinho pálido:

– Caaalma, Mundinho...

Mundinho? As coisas tinham mudado, realmente.

Sentindo-se protegido pelo poder amaciador dela, Alfredinho insistiu:

– Não joga nada, esse Tarciso. Nada!

O Raimundão repetiu, o vozeirão lhe saindo dentre os molares:

– Não fala mal do Flecha Negra! – chamava o Tarciso de Flecha Negra, a maior manifestação de carinho já feita pelo Raimundão.

Ficamos em silêncio tenso. Muito tenso. Tensão de fazer o salsichão entortar no espeto. De fazer borbulhar a cerveja na garrafa. Lívia tocou com seus dedinhos de palito no braço retesado do Raimundão:

– Caaalma, Mundinho...

Raimundão não olhava para ela. Só encarava o Alfredinho. Que continuava burramente alegre. Disse, rindo:

– Esse Tarcisinho se borra de medo do Figueroa.

Para quê! Raimundão se levantou de um salto, e já voaram mesa e banco e um espeto se cravou lá adiante e os copos se estilhaçaram e as picanhas atapetaram o chão. Alfredinho não esperava pela reação furibunda dele, ficou paralisado. Raimundão suspendeu-o pelas têmporas, ia esmigalhar sua cabeça, apertar até que seus olhos saltassem das órbitas ou arrancar seu gogó a dentadas, mas Lívia veio de lá da sua candura e com seu corpinho de criança se interpôs entre o Raimundão e o horrorizado Alfredinho e pediu, pela última vez:

– Caaalma, Mundinho...

Ao que Raimundão finalmente olhou para ela. Abaixou-se até ficar no nível dos olhos de corsa da pobrezinha e, sem soltar o Alfredinho, berrou, e seu hálito azedo fez esvoaçarem os cabelinhos finos da Lívia:

– CALA ESSA BOCA E SOME DAQUI, SENÃO TU TAMBÉM VAI PRO PAU!!!

Assim terminou aquele ensaio de romance, assim Lívia se foi para jamais ser vista outra vez, e assim concluímos que sensibilidade, de fato, não era o forte do nosso goleiro Raimundão.

Na unha

De repente, o Feliciano parou de marcar gols. Bem no meio do campeonato, o desgranido. O que estaria acontecendo? É porque algo deveria estar acontecendo, o Feliciano sempre marcava um, dois golzinhos por jogo.

Não que fosse um cracaço, mas gol sabia fazer. Quer dizer: agora não mais. E o Canarinho, assim, não mais vencia. Despencava na tabela.

Os amigos perguntavam: o que está havendo, meu? Ele: nada, não sei. Em campo, o Feliciano se passava da bola, se enroscava com ela. Um dia, perdeu um gol a dois passos da risca. Caiu de quatro, com a bola entre os joelhos, e daquele jeito, naquela posição patética, tentou se arrastar para o gol, de gatinhas, empurrando a bola com as pernas, até que o goleiro foi lá e a colheu como se fosse um pé de alface. Brabo.

Uma noite, no Bar do Chico, ali embaixo do Viaduto Obirici, do ladinho do Salão Gre-Nal, onde a turma cortava o cabelo, os amigos começaram a debater a situação do Feliciano. Falaram, falaram até que Eliseu, o capitão do time, deu o grito de eureca. Que não foi eureca. Foi:

– Na unha!

Os outros:

– Ahn?

– É que ele está na unha! – explicou o Eliseu. Mas ninguém entendeu.

Na unha?

– É, na unha. Vocês lembram da última namorada do Feliciano?

Eles pensaram, pensaram, concluíram que havia sido a Betinha, uma loirona de pernas sem fim, uns dois anos atrás.

– Pois é! – continuou o Eliseu. – Dois anos! Desde então, a última calcinha de mulher que ele viu foi a da vizinha. No varal!

Era verdade. Aí, a turma se conscientizou do problema. Feliciano estava mesmo na unha. Situação delicada, de fato. Começaram a recordar o comportamento dele nos últimos tempos. Abordava todas as mulheres bonitas que passassem pela Plínio Brasil Milano e imediações. Todas. Mas com tal ansiedade, com tal aflição, que chegava à afoiteza. Então, afoito, Feliciano se perdia, cometia bobagens, as mulheres escapuliam, assustadas. O mesmo ele fazia em campo – estava transformado num apressadinho.

– Temos que arranjar uma mulher para o Feliciano! – arrematou o Eliseu.

– Mas, como? – perguntou o zagueiro Marreta. – Ele não aceita sexo pago.

– E só quer mulher bonita – acrescentou o quarto-zagueiro Navalha. – Só nota oito pra cima.

Um problema, um problema. Até que da mente privilegiada do Flite, o maestro do meio-campo, explodiu a ideia genial: eles iriam a uma das casas noturnas da Farrapos, escolheriam uma garota de programa atraente, e havia muitas delas por lá, lhe concederiam um pequeno cachê e providenciariam um encontro "casual" entre ela e Feliciano. Ela se entregaria a ele rapidamente e estaria resolvida a questão: o Feliciano se acalmaria, voltaria a marcar gols e o Canarinho se classificaria.

Gostaria de descrever o que aconteceu com a turma na dita casa noturna. De como o Pressão Baixa, o meia-esquerda reserva que tinha certo problema de lentidão com a bola no pé, se encantou com uma loira volumosa chamada Pâmela Kelly. De como o Odone Carpim arrasou dançando lambada francesa. De como o clássico lateral Fratura Exposta declamou, ao microfone, um poema de sua autoria intitulado: "Ovelha Perdida". Gostaria de relatar tudo isso, mas seriam necessárias muitas e muitas e muitas páginas. Então vou logo contando que eles, afinal, contrataram uma airosa moça, a Jenifer, e arrumaram uma forma de ela se encontrar com o Feliciano.

Feliciano e Jenifer se encontraram. Ela e sua minissaia curtinha, ela e suas carnes tenras saltando da blusa sumária, ele e todo o seu desejo represado. Como Feliciano resistiria?

Dois dias depois do encontro tinha jogo do Canarinho. Feliciano entrou em campo assobiando. O pessoal da turma se olhou, e os olhares eram de congratulações. Feliciano marcou três gols. O problema estava resolvido. Nas outras partidas, Feliciano prosseguiu marcando. Um, dois gols. Até quatro, contra o Faca na Bota, time da Vila Bom Jesus.

Só que... ....Duas semanas depois, o Feliciano entrou no Bar do Chico na sexta-feira, quando todos estavam reunidos. Subiu numa cadeira, bateu com uma colher no copo e pediu silêncio.

– Pessoal! – gritou. – Quero apresentar a vocês a mulher da minha vida. A mulher com quem vou noivar daqui a uma semana: Jenifer!

Ao que Jenifer adentrou no recinto equilibrando-se sobre escarpins, de tailleur bege e um meio sorriso discreto lhe desenhando uma lua minguante na boca. Um sorriso distinto e sobranceiro, assim... *rempli de soi-même.*

A turma quase caiu das cadeiras. Jenifer sentou entre eles. Pediu um guaraná diet.

– Ela não bebe – explicou o Feliciano, feliz.

No meio da noite, quando ele foi ao banheiro ("volto já, Nenê", despediu-se – chamava-a de Nenê, que coisa), Eliseu se aproximou dela.

– Ficou louca? Que história é essa?

– Vamos casar – respondeu ela, espetando o nariz no teto.

– Casar??? Mas... Tu disseste pra ele onde tu trabalhas?

– Disse que sou enfermeira. E não pretendo deixar da vida, nem contar nada para o Felicinho.

– Felicinho??? Mas... – o Eliseu teve de se interromper. Feliciano estava voltando.

No dia seguinte, eles se reuniram. Teriam de tomar uma atitude. Teriam de contar tudo a Feliciano. Sim, teriam de ser honestos. A honestidade sempre era a política mais correta. Além do que, a intenção deles tinha sido das melhores. Feliciano ia entender. Compreenderia que eles eram seus amigos. Sim, a verdade. Sim. Feliciano sofreria, mas pelo menos não casaria com uma mulher de, ora, uma casa de tolerância. Eliseu decidiu contar tudo a ele.

– Hoje mesmo! – bradou. – Hoje mesmo!

Foi quando o Flite, que até então não falara, falou. Assim:

– Mas e o Canarinho?

A turma paralisou.

Realmente, e o Canarinho? O próximo jogo era importante. Decisivo. Se Feliciano descobrisse a farsa agora, entraria em depressão profunda e não marcaria gol algum naquele jogo nem nos seguintes.

– Talvez fosse melhor a gente adiar a revelação... – ponderou o Eliseu.

E os outros:

– É, é.

– Uma adiadazinha não ia ser tão ruim...

– É, é.

Bem, o que dizer? Apenas que o Canarinho venceu aquele jogo e os seguintes, conquistou aquele campeonato e outros e outros e outros, até se sagrar heptacampeão. Com Feliciano, feliz, sempre como goleador.

A Laurona

Tudo começou quando Serginho, um repórter de rádio, passou pelo Mariano e comentou, porejando ironia:

– Cuidado que a Laurona é fogo, hein!

Mariano não entendeu. Laurona?

– Que Laurona?

Serginho riu, debochado:

– Ah, para, Mariano, não te faz! Eu vi. Mas não te preocupa, ninguém vai ficar sabendo. Só te cuida: a Laurona já acabou com muitas carreiras por aí.

E se afastou, rindo, enquanto o Mariano coçava a cabeça. Será que o cara tinha ficado maluco? Ah, problema dele. Não deu mais importância àquilo.

Devia ser alguma brincadeira boba e Mariano não tinha tempo para brincadeiras. Não gostava delas. Era um homem sério. Capitão da equipe.

Respeitado no clube. Respeitado na cidade. Uma liderança, o Mariano.

Mas, na noite seguinte, noite de jogo, um conselheiro influente entrou no vestiário, puxou-o para um canto e sussurrou:

– Mariano, tu tens que te cuidar. Pô, a Laurona, Mariano! Ela é demais, eu sei, mas é um perigo, Mariano!

– Ahn? – Mariano estava perplexo. – Do que o senhor está falando?

– Por favor, Mariano. Eu estava lá.

– Onde???

– Tu sabes muito bem – e o conselheiro baixou ainda mais a voz, olhou para os lados e ciciou: – A casa da Velha Betânia. Um absurdo, Mariano. Te afasta da Laurona, por favor! Tu tens uma imagem a preservar.

– Mas que Laurona??? Eu...

Não adiantou argumentar. O conselheiro já havia se afastado, deixando Mariano sozinho e intrigado. Casa da Velha Betânia. Era um conhecido lupanar da cidade. Imagina se Mariano, um homem casado, pai de família, líder do grupo de jogadores, iria à Casa da Velha Betânia! E aquela história de Laurona??? Pensou em esclarecer o assunto, falar com o conselheiro, mas já era hora de entrar em campo, não dava mais tempo.

Na tarde seguinte, foi ao clube para fazer revisão médica e massagem. Quando estava chegando, ouviu um grito:

– Laurona, é, Mariano? – o deboche pendia das vírgulas.

Olhou para os lados, desconfiado, e viu um pequeno grupo de torcedores ao longe, nas arquibancadas. Riam. Dele! Só podiam estar rindo dele. Mariano se irritou. Entrou no vestiário, furioso. Aquela história estragou seu dia.

No fim da tarde, chegou em casa pronto para desabafar com Nair, sua mulher. Mas não tinha nem entrado ainda e já ouviu o choro dela. É: Nair chorava. Mais: berrava.

– Que foi, Pituchinha? – quis saber Mariano, abraçando-a ternamente. Mas, ao sentir seu toque, Pituchinha saltou como um gremista ao saber que o técnico do time não quer escalar o Ronaldinho.

– Canalha! – berrou, entre soluços. – Canalha!

– Que foi, Pituchinha? – Mariano estava assustado. Era a primeira briga entre eles em sete anos.

– Pituchinha uma ova! Pra ti eu sou Nair. Dona Nair! Chama é a Laurona de Pituchinha!

– Lau... – Mariano não conseguiu completar a palavra. Viu Nair apanhar uma mala sobre a cama e correr para a porta. Tentou detê-la.

– Que negócio é esse, Nair?

– Me contaram tudo, Mariano! – gritou ela. – Tudo! Três pessoas! Já estou sabendo da Laurona! Meu pai está no carro aí em frente e também já sabe! – E saiu batendo a porta, deixando Mariano paralisado no meio da sala.

Não reunia condições para ir atrás dela. Não só por causa do pai, que não gostava dele e era brabo, mas por causa daquela história de Laurona. Quem era essa Laurona? Não conhecia nenhuma Laura. Nem Laurinha. Muito menos Laurona!

Mariano ficou daquele jeito, catatônico, talvez por 15 minutos. Ou uma hora. Ou duas, jamais soube. Não conseguia pensar, não conseguia falar, nem se mexer conseguia. Então, o telefone tocou. Foi como se Mariano ouvisse o alarme do despertador. Acordou. Arrastou-se até o aparelho. Atendeu.

– Alô, Mariano?

Reconheceu a voz. Era Rodrigão, seu desafeto do time rival. Odiava Rodrigão e sabia que ele o odiava. Logo o desgraçado lhe ligando numa hora difícil daquelas.

– Que que é, Rodrigão?

– Só quero te dizer uma coisa, santinho: já estou sabendo de tudo. Todos estão sabendo de tudo, santinho.

– Que história é essa, Rodrigão? Do que tu estás falando, infeliz?

Rodrigão riu aquela sua risada sardônica:

– Que maravilha, o santinho com a Laurona! Eu sabia que tu de santinho não tinhas nada. Mas justo a Laurona?! Bom, tu mereces. Ela vai te destruir, santinho. E eu vou rir! A Laurona! Essa é muito boa! A Laurona! – e desligou, gargalhando.

Ah, não! Era o fim. Mariano iria resolver aquela história e seria já. Era uma conspiração. Só podia ser. Uma maldita conspiração! Queriam acabar com ele. Natural no futebol, ambiente repleto de falsos amigos e traidores autênticos. Mas... o que fazer? Mariano pensou. Tinha de achar a tal Laurona. Poderia perguntar ao repórter Serginho ou ao conselheiro, mas não queria se expor... Pensou. Pensou mais. E: arrá! A Casa da Velha Betânia! Claro, era a pista de que dispunha! Iria à Casa da Velha Betânia e descobriria quem era a mulher que, na certa, fora contratada para destruí-lo. E só podia ser isso mesmo. Haviam contratado uma mulher que andava por aí espalhando que estava saindo com ele. Mas Mariano lembrou: tinham dito que o viram com ela, com essa Laurona. Como podia? Bem, ele sabia como eram os intriguentos fofoqueiros. Estavam inventando. Tudo para destruí-lo. Queriam dizer que ele, um homem sério, dedicado, respeitável, religioso, frequentava um rendez-vous e tinha um caso com uma mulher de vida fácil. E de nome Laurona, ainda por cima! Ele! Logo ele! Ia descobrir a trama e desmascará-los a todos. Não iriam prejudicá-lo no clube, nem lhe tomar sua querida Pituchinha, não mesmo!

Mariano foi à Casa da Velha Betânia.

Ficava num bairro afastado da cidade, lugar em que jamais estivera. Mariano se envergonhava só de passar por perto daquele antro. Não era homem desse tipo. Era um homem sério. Católico. Apostólico. Romano. Estacionou o carro numa rua lateral. Então, o guardador se aproximou e sorriu com naturalidade:

– Tudo bom, seu Mariano? Por que não coloca o carro no estacionamento, como sempre?

Mariano se surpreendeu. Nunca vira aquele homem na vida. Como ele o conhecia? Mas não quis contrariá-lo, talvez fosse pela TV... Resmungou uma resposta qualquer. Caminhou até a entrada. O porteiro lhe sorriu:

– E aí, seu Mariano! – olhou para dentro e gritou: – Alfredo, seu Mariano chegou!

Alfredo apareceu. Era o garçom, todo solicitude. Fez uma mesura divertida e perguntou:

– A mesa de sempre, seu Mariano?

Mariano tonteou. A mesa de sempre? O que estava acontecendo? Jamais sequer roçara na fórmica de uma das mesas daquela pocilga. O que aquelas pessoas queriam? O que tinham tramado para ele?

Mariano entrou, desnorteado.

Todos pareciam conhecê-lo. Tratavam-no com intimidade. Sentaram-no na tal mesa de sempre, perto da pista. O garçom Alfredo lhe trouxe o que apregoou como "o de todas as noites". Uísque. Sem gelo. E Mariano só bebia leite. Sem espuma. Que barbaridade.

Mariano olhou o entorno. Mulheres seminuas se enroscavam em pilares de metal como serpentes lascivas. Outras requebravam feito Salomés sobre pequenos pedestais – o que os colegas devassos chamavam vulgarmente de "queijinho", que asco. Homens decadentes bebiam e riam como gomorritas. O sexo a soldo adejava pelo ambiente, com seu cheiro repugnante de queijo ralado. Mariano sentia engulhos. Então o garçom Alfredo se aproximou, sorrindo maliciosamente. Abaixou-se até seu ouvido direito. Sussurrou:

– Ela vem vindo, seu Mariano.

Ela! Só podia ser a infausta Laurona. Mariano quis confirmar:

– Laurona?

O garçom Alfredo abriu ainda mais o sorriso:

– Quem mais?

E se afastou. Mariano ficou sentado, nervoso. Furioso, melhor dizendo.

Conheceria a Laurona, afinal. Poderia dizer umas verdades para aquela depravada, ia xingá-la, repreendê-la, passar-lhe um sermão, ia...

Foi quando uma mulher surgiu de uma porta no canto da boate. Uma mulher... suntuosa. Linda. E, puxa, grande em todos os lugares onde devia ser grande. Uma mulher maiúscula, mas proporcionada como se tivesse sido esculpida por Michelangelo. Caminhava serpenteando e sorrindo, e serpenteando e sorrindo veio em direção a Mariano, olhando nos seus olhos, e seu olhar era de fogo. Laurona!

Mariano não conseguia falar. Estava paralisado. Emocionado, diante daquela beleza agressiva. Sorrindo sempre, ela sentou ao seu lado. Cruzou as pernas, e Mariano viu uma nesga do Paraíso. Jogou o braço direito por sobre seu ombro, e Mariano sentiu seu cheiro doce e, ao senti-lo, uma dor fina lhe aguilhoou o peito. E ela escorregou suavemente para perto dele, e ele encostou seu ombro e seu braço e sua coxa e seu joelho nos dela, e ela o enlaçou com firmeza e aproximou seu rosto do dele e seus lábios carnudos procuraram os dele e sua língua quente e úmida entrou na sua boca e perscrutou-lhe os dentes e acariciou sua língua e Mariano sentiu que ia desfalecer e ela parecia que lhe ia devorar e o peito de Mariano pulsava e sua garganta pulsava e ele todo pulsava e por pouco não desmaiou quando ela enfim o largou e desmanchando o sorriso olhou de novo nos olhos dele e sentenciou:

– Tu não és o Mariano.

Mariano precisou de alguns segundos para se recompor.

– Sou – disse, afinal, ofegante, limpando o suor da testa.

E ela:

– Não és.

Mariano não falou mais nada. Levou a mão ao bolso de trás das calças e sacou a carteira de documentos. Apresentou-os à Laurona. Que os examinou, um a um, e a cada foto que via numa carteirinha olhava de volta, incrédula, para o rosto de Mariano, como um guarda de aduana. Devolveu-os, finalmente, a Mariano, e comentou, boquiaberta:

– Vocês são muito parecidos...

– Um sósia! – concluiu Mariano. – Quem é esse cara? – perguntou, segurando-lhe os ombros.

– Apareceu há algumas semanas. Disse que era o Mariano jogador de futebol, o capitão do time – respondeu ela, ainda perplexa. – Vem aqui quase todos os dias, nós saímos sempre e ele me promete presentes...

– agora parecia decepcionada. – Presentes caros... Eu acreditei, ele dizia que era jogador, que ganhava muito bem, mas acho que nunca vai me dar nada, já que ele não é jogador, não é?

– Não! – Mariano recuperara a indignação. – Eu sou! Eu sou o verdadeiro Mariano! – olhou profundamente nos olhos profundos dela. – Eu! – repetiu. – E... – antes de completar a frase, tudo veio à sua cabeça. Tudo: sua respeitosa esposa Nair, seus filhos, sua casa, seu grupo de estudos bíblicos, os colegas jogadores que liderava com tanta proficiência, tudo. Enquanto pensava nisso, na sua vida correta e séria, Mariano fitava os olhos da Laurona e os lábios da Laurona e seus seios fartos e suas pernas pétreas. Completou a frase: – ...e eu posso, sim, eu posso te dar tudo o que ele prometeu.

Laurona sorriu.

– Tu? – murmurou, tão somente.

– Eu.

Então ela riu e seu riso era um rumorejo macio, vindo do fundo da garganta.

– Tu – repetiu.

E ele, puxando-a para perto:

– Eu. O verdadeiro Mariano.

E ela, encostando o rosto afogueado no rosto dele:

– Tu. O meu Mariano.

Juliana, Jujubinha

— Alô?

– Jujubinha! Que saudade!!! Uma semana longe de ti! Que saudade!!!

– Ahn?... Ah. Oi.

– ...Q-que... Jujubinha? Que houve? Tudo bem?

– Tudo...

– Tu estás tão estranha...

– Não... Tudo bem...

– Tudo bem mesmo?

– Tudo...

– Tudo?

– ...

– Ju-Juju... Jujubinha? Algum problema? Aconteceu alguma coisa?

– Ahn... Não. É que eu saí ontem...

– Saiu? Com as tuas amigas? Ah, isso não é problema nenhum.

– Não foi com as minhas amigas.

– Não? Ah. E... com quem foi, então?

– Ahn... com o Marcelo...

– Marcelo??? O centroavante deles???

– É.

– Mas... Jujubinha... o Marcelo é nosso adversário! Tu sabes que eu é que marco ele. Vou marcar no domingo. Não sabia que vocês eram amigos.

– Somos.

– Pô. Chato. Mas tudo bem, tu podes ser amiga de quem quiser. Onde vocês foram?

– É... nós jantamos. Depois fomos dançar.

– Dançar? Mas... Tu e o Marcelo... Ficaram até tarde? Tu sabes que tu não podes te cansar muito.

– Um pouco tarde. É. Mais ou menos. É que ele veio aqui em casa depois.

– Aí... em casa? O Marcelo??? Mas... O que aconteceu, Jujubinha? A-aconteceu algo entre vocês?

– Mais ou menos.

– Ma... mais ou menos?! Jujubinha! O que aconteceu, Jujubinha, me diz, por...

– Olha, vou ter que desligar, estão batendo na porta. Acho que é o gás.

– Peraí, Jujubinha, eu...

– Agora não dá. Depois falamos. Preciso comprar gás.

– Não! Deixa o gás pra lá, Jujubinha! Jujubinha... Jujubinha? Jujubinha!!!

Esse diálogo marcou o fim do casamento do zagueiro Feliciano com a ruiva Juliana – você sabe como são as ruivas. A conversa também desencadeou um forte e não injustificado sentimento de antipatia do zagueiro Feliciano em relação ao centroavante Marcelo. O que não deixava de ser grave – eram jogadores de times rivais, que se encontrariam em campo, em jogo de campeonato, na semana posterior ao rompimento do casal.

Porém, tudo se complicou ainda mais porque Feliciano assimilou sua cornice da pior forma. Sim, pois há muitos modos de se compreender essa situação delicada – e você sabe disso também.

Há quem, ao ser cornificado, passe a valorizar a mulher, em vez de depreciá-la – para ele, ela está sendo cobiçada por homens; logo, é desejável.

Há também o marido compreensivo, o popular "manso". Esse é universalmente desprezado – pelo cornificador; pelos amigos; pela adúltera.

Outra modalidade é o marido brabo, e esse é perigoso. Mantenha-se longe dele!

E finalmente há quem apregoe sua cornice ao mundo. Trata-se de um exemplar patético, que chora nas mesas de bar, empapa de lágrimas os ombros dos amigos, que repete quase com orgulho os detalhes sórdidos da sua tragédia, que tem pena de si mesmo. São aqueles que se sentem importantes ao se tornarem cornos. A cornice se transforma quase que na motivação da vida deles. Assim era Feliciano.

Em 24 horas, todos do clube sabiam do ocorrido devido à indiscrição do próprio Feliciano. Mas, enquanto aquele pontiagudo assunto estivesse restrito ao círculo dos amigos e conhecidos, tudo bem. O problema foi quando Feliciano resolveu expor para o grande público as questões que lhe ornavam a cabeça.

Foi assim: numa dessas rodas-vivas de TV, veio a calhar que os dois, Feliciano e Marcelo, cornificado e cornificador, acabassem sentando juntos, à mesma mesa. Falava-se de bola, de jogo, de chute e de drible. Então, num rompante, sem que qualquer tema correlato viesse à baila, Feliciano arrebatou a palavra e, brandindo um teso dedo indicador na direção de Marcelo, bradou, para todo o Estado ouvir:

– Tu és um mau-caráter!

Espanto no estúdio. Marcelo enrubesceu. O apresentador Gilvan Carlos, entre os dois atletas, estava mudo.

– Mau-caráter! – repetiu Feliciano, com ainda maior ênfase, estimulado pelo efeito dramático da primeira acusação. – Mau-caráter, sim! E vou contar a todos por quê! – aí se virou para a câmera e para ela falou, como se fosse um deputado: – Porque ele seduziu a minha mulher! Acreditem! Entrou na minha casa e, na minha cama, fez sexo com a minha mulher! Com a minha Jujubinha! É, Jujubinha. Porque ela é doce e macia. Roubou a minha Jujubinha de mim!

– Canalha! – agora olhava para Marcelo e lhe mostrava o punho cerrado. – Canalha! Canalha!

A última imagem que os telespectadores viram, antes da entrada rápida dos comerciais, foi a do rosto do centroavante Marcelo, e nos lábios ele parecia levar um estranho sorriso, um sopro de Monalisa.

Não houve agressão física. Marcelo e Feliciano saíram do estúdio em paz, embora bem apartados. Mas, no dia seguinte, o desabafo do zagueiro traído era o assunto da cidade, do estado e até do país. A cena da acusação foi reprisada em rede nacional de TV. A traição de Jujubinha tornou-se célebre. A pergunta de todos era a mesma: como vai ser domingo, em campo, quando Feliciano e Marcelo estiverem frente a frente, só com uma bola entre eles?

No dia do jogo, a tensão adensava o ar no estádio. Dificultava a respiração. Feliciano de um lado, Marcelo de outro, e em toda parte havia tamanha consternação com a cornice explícita do zagueiro que a torcida nem torcia. Todos observavam em silêncio contrito. Os times estavam tão nervosos que o jogo era ruim. A ação só transcorria na intermediária. Os jogadores se livravam da bola e procuravam não passá-la nem para Marcelo e nem para Feliciano.

Só no fim, bem no finzinho, aconteceu. Num contra-ataque rápido do time de Marcelo, a bola sobrou para ele, e ele foi. Avançou sobre a área adversária quase livre. O goleiro saiu e ele venceu o goleiro. Mas ainda havia um obstáculo. Isso: Feliciano. Ninguém respirava no estádio. Marcelo dominou com o pé direito, gingou o corpo, Feliciano investiu furiosamente sobre ele, às cegas. Marcelo, frio, sorrindo, enfiou a bola entre as pernas do inimigo. O drible foi tão desconcertante que Feliciano caiu no gramado, desmanchado. Humilhado. Marcelo partiu para o gol vazio. Enquadrou o corpo. Levantou a perna. Então, na arquibancada, uma única pessoa se levantou. Ela. Só ela estava de pé. Juliana. Que gritou:

– Vai, Marcelinho!

O grito agudo e isolado reboou no estádio e perturbou o centroavante. Ele olhou para cima. Brecou. Desconcentrou-se. E aquele átimo foi o suficiente para que Feliciano viesse lá de trás, lhe tomasse a bola e saísse com ela sobranceiro para o meio do campo, enquanto Marcelo chutava o ar e caía, tão humilhado quanto havia sido Feliciano, momentos antes. E o jogo acabou. E então a torcida olhou para ela, Juliana. Jujubinha. E ela estava paralisada. E então se ouviu a vaia, a maior vaia já ouvida no estádio. E Juliana se foi, cabisbaixa, e, lá embaixo, no campo, Feliciano, feliz, sorriu.

Feliciano e o sutiã

Três frases, ela disse. Três vergastadas. A primeira:

– Este sutiã não é meu! – Era uma constatação e, ao mesmo tempo, uma acusação. Cassandra brandia o sutiã como se brandisse uma cimitarra diante dos olhos arregalados de Feliciano. Ele ficou pálido. Depois, enrubesceu. Finalmente, arroxeou. O que poderia responder? Tinha de pensar rápido. Como é que a desgranida da Milena tinha esquecido o sutiã na casa dele? O que ia dizer, pelamor de Deus? Pressionado, aflito, Feliciano optou pela saída óbvia: mentir. Só que mentiu errado.

– Foi o Nei! – gritou, enxugando o suor da testa. – Emprestei o apartamento para ele trazer uma mulher aqui e ela deve ter esquecido o sutiã. Foi isso!

Feliciano chegou a sorrir, aliviado. Achou que havia sido boa a ideia de jogar a culpa no meia-esquerda do time, seu bom amigo Nei. Mas não esperava pela reação de Cassandra. Que veio com a segunda frase. Essa:

– Vou contar pra mulher dele!

Feliciano empalideceu outra vez. Que desgraça! Aquilo poderia destruir o casamento do seu bom amigo Nei. Viu que Cassandra estava decidida. Só repetia: vou contar, vou contar! Já tinha levantado o fone do gancho, pronta para ligar para a mulher do seu bom amigo Nei. Então, ele resolveu ser corajoso. Resolveu contar a verdade.

– Não! – berrou, segurando a mão dela e forçando-a a recolocar o fone no gancho. – Não! Fui eu! Admito! Trouxe uma mulher aqui, mas, juro, não aconteceu nada – mentira, claro. – Nada! Ela tirou o sutiã, mas o... ato... não se consumou – abaixou a cabeça, em sinal de contrição, esperando que ela se comovesse com a honestidade dele. Mas qual! O que ela fez foi proferir a terceira frase, a mais terrível de todas, a frase que principiou toda a tortura de Feliciano:

– Desgraçado! Te prepara, desgraçado! – e Feliciano sabia que ela ia dizer algo terrível. E ela disse: – Vou transar com todos os teus amigos! Te prepara: vou dar para todos os teus amigos!

Foi o fim do relacionamento com Cassandra e o começo do pesadelo de Feliciano. Aquela frase passou a reboar em seu cérebro dia após dia, o dia inteiro: vou transar com todos os teus amigos, todos os teus amigos, todos os teus amigos!!! O que significava, evidentemente, que ela ia ter relações com os integrantes do time. Também os reservas, será? Neste caso, 22. Ou 23, contando o terceiro goleiro. Jesus! A possibilidade causava suores frios em Feliciano. Afinal, todos sabiam que ele e Cassandra eram casados. Ela era conhecida e reconhecida como sua esposa. Se consumasse aquela vingança horrenda, ele se tornaria um corno célebre, ainda que estivessem separados. Além disso, só imaginar seus amigos e colegas de time se cevando nas carnes rijas de Cassandra já lhe dava engulhos.

Feliciano só pensava naquilo: todos os teus amigos, todos os teus amigos! Sonhava com aquela frase.

No vestiário, olhava com desconfiança para os colegas. Um dia, flagrou um grupinho rindo e teve certeza: era dele! Estavam gozando dele! Certamente, alguns já haviam mantido relações com Cassandra. A sua Cassandra. Malditos!

A sombra da cornice estava sempre em sua cabeça. O rendimento de Feliciano começou a cair. Acabou na reserva. Pensou: será que o técnico também?... Não! Não podia. O técnico, não! Se bem que ela havia falado em "todos" os amigos e talvez considerasse o técnico um de seus amigos.

Desgraçado! Deus, quanto sofrimento!

Quando Feliciano achava estar no auge da dor, tudo piorou. Ela ligou. Disse apenas:

– Ontem foi com o João Carlos. Hoje, o Renatinho – e desligou, gargalhando.

João Carlos! Renatinho! Os dois centroavantes! Ela estava começando pelo ataque. E mais: se ela saiu com os dois centroavantes, o titular e o reserva, não se restringiria aos 11 do time principal. Seriam 22. Ou 23. Quem sabe até aqueles juniores que estavam ganhando algumas chances no time de cima! Oh, céus! Oh, dor! Oh, vida! Que fazer???

Os telefonemas continuaram nos dias subsequentes: uma noite, Naldinho, o ponta. Na outra, Nei, o meia-esquerda, o ingrato, seu ex-bom amigo. Ele devia ter deixado que ela contasse aquela mentira para a mulher do Nei. Depois, Felipe, o segundo volante. Cassandra realmente estava indo do ataque para a defesa. E Felipe era dos juniores! Quer dizer: um plantel enorme!

Feliciano já havia rompido com todos os seus colegas de time, não falava com mais ninguém, brigara até com os diretores do clube que, desconfiava, também tinham sido incluídos por Cassandra na lista dos seus "amigos". Finalmente, quando ela já andava citando a zaga e se aproximando perigosamente do goleiro Ditão, um grandalhão de dois metros de altura, com predicados que... bem, ele vira no vestiário... Enfim, quando ela estava chegando ao Ditão, Feliciano não suportou. Procurou Cassandra. Foi até a casa dos pais dela. Bateu à porta. Ela atendeu. E ele nada falou. Apenas se jogou aos seus pés, chorando, implorando:

– Me perdoa! Me perdoa! Para com essa vingança cruel! Volta pra mim!

Cassandra voltou. E voltou a ser carinhosa e atenciosa para com Feliciano. O que não era o suficiente para tranquilizá-lo. Quando iam fazer sexo, ele se lembrava de cada um de seus colegas de time. Do lateral direito e a vitalidade com que ia à linha de fundo e retornava à defesa para marcar. Dos dois taludos zagueiros centrais. Do centroavante impetuoso. Dos pontas rapidinhos. Aquilo doía. Sim, doía. Mas Feliciano suportava com galhardia. Tentava pensar que devia ser adulto. Que ela, afinal, tinha o direito de fazer o que bem entendesse quando estavam separados. Mesmo assim, não conseguiu se reconciliar com os colegas. Seu único amigo era Ditão, o goleiro de dois metros de altura.

Ditão ia jantar na sua casa, fazia programas com o casal. Ditão era seu amigo. O único. Um bom amigo. E continuou seu amigo até o dia em que Feliciano, ao sair do banho, em casa, enxugou-se, secou o cabelo, calçou as meias, vestiu a cueca, e a cueca caiu. Caiu! Era uma cueca grande. Muito grande. Feliciano estava pasmado. Disse, primeiro baixinho, um sussurro, depois, gritou:

– Esta cueca não é minha. Esta cueca não é minha!

Feliciano brandiu a cuecona do alheio como um dia Cassandra brandiu aquele sutiã estranho: como se fosse uma cimitarra. Feliciano sofreu outra vez. Mas seu casamento não acabou. A amizade com Ditão, sim. Hoje, Feliciano não tem mais amigos. Só sua mulher Cassandra. E Feliciano sempre diz que é um homem feliz.

O CORPO

CAPÍTULO I

Foi um grito medonho. Um grito aterrador que trincou a madrugada e fez Perseu acordar num salto, o coração cavalgando entre as costelas. Sentou-se na cama, assustado.

– Que é isso? – falou e falava consigo mesmo. Tentou enxergar no escuro. Tentou lembrar onde estava. Em casa. No quarto. O grito, de novo. Estremeceu.

Compreendeu, afinal. Era Luciana quem gritava. O grito vinha da sala e Perseu levantou-se aos tropeços e correu pela casa de cuecas e pés descalços e encontrou Luciana de baby-doll e pantufas, com as costas grudadas na parede, as mãos tapando a boca, os olhos arregalados.

– Que foi? – perguntou, sacudindo-a pelos ombros. – Que foi?

Ela apenas gemia, olhando fixamente para um ponto da sala. Para onde Perseu também olhou. Então, foi ele quem se assustou.

– Meu Deus! – gritou, recuando até a parede. – Meu Deus!

Foi a mais horrenda cena que Perseu viu em sua vida. Até aquele dia.

Capítulo 2

A visão terrífica fez Perseu esquecer que era Luciana quem estava ali, seminua no seu apartamento. Luciana... Jovem. Culta. Filha de pai abastado. Estudante de medicina. Conhecera-a numa boate. Fora muita sorte. Muita – aquela mulher lindíssima e sofisticada olhando para ele, flertando com ele, praticamente chamando-o, Perseeeeeu, Perseeeeeeu... Ah, Luciana. Era difícil descrevê-la. Bem, poderia até fazê-lo às minudências. Mas nem na internet há tanto espaço disponível. Melhor descrever apenas uma pequena, mas eloquente, parte dela. Uma orelha, por exemplo. A direita. Sim, que orelha direita! Um homem chegava ao Valhala apenas explorando o lóbulo ternamente perfurado da orelha direita de Luciana. Sentir a frágil cartilagem... massagear cada reentrância... mordiscar a carne tenra da orelhinha direita de Luciana, revestida por aquela pele fresca e matinal como pasta de dente Close-Up... Oh, Deus, que obra o Senhor empreendeu ao construir o delicado, porém intrincado complexo auricular de Luciana! Luciana e sua orelha arrogante, sua orelha desafiadora, e também meiga, também amorosa, também gentil orelha. Mesmo assim, mesmo sendo Luciana, mesmo estando ela somente de baby-doll e pantufas com cara de porquinho, mesmo estando os dois sozinhos em seu apartamento, Perseu não foi acometido por pensamentos lúbricos. Porque estava assustado com o grito que ela dera, segundos antes. E porque a razão do grito o apavorara como nunca havia se apavorado em sua vida.

Lá estava aquilo, no canto da sala. Horror, horror, horror.

Capítulo 3

A cena dantesca azedou a noite de Perseu. O que não era pouco. Há meses ele desejava Luciana, há meses a abordava. Desde aquela noite, na boate. Usara com ela os mais refinados métodos do seu vasto cabedal de sedução. Sim, sim, Perseu era um sedutor. Ao se apresentar, dizia:

– Muito prazer. Nome, Perseu; sobrenome, Paixão.

Para os amigos, Perseu Paixão vivia repetindo:

– Meu emprego é o serviço público; minha profissão, o sexo. Muitos funcionários públicos são assim: consideram-se, de fato, poetas uns; cineastas outros; muitos, músicos. Perseu resolveu dedicar seu tempo à arte da conquista de mulheres. Seu livro predileto era *As ligações perigosas*, tornara-se célebre nas floriculturas e nos motéis da cidade, e poucos conheciam champanhe como ele. Seu objetivo com as mulheres não era apenas sexual, não. Ele queria, mais do que tudo, conquistar-lhes a alma. Só sentia prazer se uma mulher o amasse até o desespero, se fosse sua até os ossos. Mas, depois que estavam rastejando por segundos da sua atenção, ele se enfastiava delas. Era automático. Algo fora do seu controle: ao conhecer uma nova e desejável mulher, Perseu se concentrava obcecadamente nela. Até que fosse sua. Então, o interesse quebrava, ela agora era uma mulher como as outras. O desafio já havia sido vencido. No começo da sua carreira de conquistador, Perseu ainda se preocupava em manter certas aparências, em magoá-las o mínimo possível. Agora, não mais. Transformara-se em um homem prático. De métodos cirúrgicos. Descartava-as sem meandros sentimentais.

– É melhor para elas – argumentava com os amigos. – Elas sofrem menos, partem para outra, não se iludem. Além do mais – ensinava –, as mulheres não têm pena quando querem se livrar de nós. Se decidem nos deixar, só dizem: tchau. E vão embora. Nós é que temos pruridos.

No passado, Perseu até havia se envolvido seriamente. Duas vezes. Por coincidência, com duas Marias: Maria Clara e Maria Carolina. Ambas muito atraentes. Maria Carolina queria ser médica, como Luciana. Parecia que Perseu dava sorte com o curso de medicina. Chegou a noivar com Maria Carolina, a marcar o dia do casamento, mas então apareceu Maria Clara... Uma mulher mais experiente, divorciada... E também da área da saúde! Era enfermeira. Perseu se apaixonou por Maria Clara e em poucos dias já a namorava. Porém, não conseguiu romper com Maria Carolina. Gostava dela. Tinha carinho por ela. Queria que ela fosse feliz.

Maria Carolina passava os dias falando em como seria o casamento deles, como eles seriam felizes para sempre juntos, e aquilo tudo confrangia o peito de Perseu. Coitadinha, pensava. O que fazer? Não sabia. Só sabia que a cada dia estava mais enredado com Maria Clara. Decidiu deixar que o acaso ou a sorte ou o destino, fosse o que fosse, decidisse por ele. Pois o acaso, a sorte ou o destino, um deles, decidiu. Certa tarde, a campainha do seu apartamento tocou, ele foi atender e, ao abrir a porta, deparou com a cena que tanto temia: as duas lado a lado, Maria Clara e Maria Carolina, batendo pezinho no chão. Foi o fim. Mas também o começo da nova fase de Perseu Paixão. O sofrimento transfigurou-lhe a alma. Sim, Perseu Paixão sofreu. Por causa da perda de Maria Clara e, sobretudo, por causa do sofrimento de Maria Carolina. Não podia sequer lembrar dos olhos inchados de Maria Carolina que a garganta já se lhe enozava. Perseu convertera-se em um homem de coração empedernido, que conquistava as mulheres sem jamais se envolver por mais de um trimestre.

Com Luciana, empregara dois meses de seus esforços. Usou esse período para conhecê-la, saber do que gostava, o que a emocionava. Concluído o estudo criterioso, anotou suas deduções no computador, como fazia sempre, e conquistou-a graças a um antigo mas eficiente expediente. Tinha um amigo poeta que lhe prestava serviços a um preço módico. Comprou uma dúzia de poesias falando de Luciana, Luciana, Luciana. Após três dias de bombardeio literário, ela cedeu.

Fora uma noite memorável. Verdade que havia ficado nervoso no começo do ato amoroso. Ela era muito linda e inteligente, não podia decepcioná-la. Mas usou o nervosismo como um trunfo. Demorou-se nas preliminares até se acalmar. Tocou-a suavemente (Perseu ensinava: "Com as mulheres, ou é a leveza, ou o peso-pesado").

Luciana gostou. Fora uma agradável noite de amor. Seguida do inefável repouso do guerreiro. Depois, um sono macio. E agora aquilo. Ali, a poucos metros, num canto da sala, havia um homem. Antes: um corpo. O homem estava morto, era evidente. Deitado de costas. Nu. As mãos em garra, como que escalavrando o parquê. O mais assustador da cena, porém, era a expressão em seu rosto. Os olhos saltando das órbitas, a boca muito aberta, paralisada, certamente, num berro de pavor. Havia medo naquele rosto. Um medo desesperado.

– Meu Deus! – repetiu Perseu, sem olhar para Luciana, fitando sempre o cadáver. – O que é isso? Quem é esse? – ela não respondeu. Chorava. – Quem é esse? – repetiu Perseu.

– Não sei! – soluçava ela. – Não sei!

CAPÍTULO 4

O delegado Feliciano estava desconfiado. O que soía acontecer. Tinha bem seus motivos. A primeira mulher, Nonô, traía-o sistematicamente. Parecia ser algo irresistível para Nonô. Ela precisava traí-lo. Só no prédio em que moravam arranjara dois amantes. Além do comissário Tadeu e do detetive Bárrios, ambos da delegacia de Feliciano. E, maldita seja!, um entregador de pizza.

Foi por causa do entregador de pizza que o delegado Feliciano descobriu tudo. O que aquela alho e óleo estava fazendo ali? Ela detestava alho e óleo.

A segunda mulher, Carmem, também o traiu. Mas uma única vez, com o ginecologista. Feliciano ficou furioso. Seu pai sempre o advertira, sempre repetia:

– Ninguém é ginecologista por acaso, meu filho.

Não esperava, porém, aquela falta de ética profissional do ginecologista. Não fosse Feliciano um ser humano tão compreensivo, o denunciaria ao Conselho de Medicina.

Com a terceira mulher, Priscila, ele tomou todas as precauções. Não a apresentou a nenhum colega, vigiava os vizinhos, jamais pediu pizza e, ginecologista, só se fosse mulher. O único que visitava sua casa era Saulzinho, um amigo de infância. Que era anão. Pois não é que Priscila se apaixonou pelo Saulzinho???

Por isso, o delegado Feliciano era um homem desconfiado. Desconfiava de tudo. Das pessoas. Da vida. E desconfiava que Perseu e Luciana o enganavam. Não acreditara naquela história: Luciana, uma bela estudante do último ano de medicina, inteligente, rica, fora dormir no apartamento daquele reles funcionário público metido a Don Juan, o tal Perseu Paixão. Ela acordou no meio da noite, foi à cozinha tomar água e, ao passar pela sala, encontrou o corpo. Nem Luciana nem Perseu admitiam saber quem era o morto e sequer podiam explicar como ele parara no apartamento. O pior era que as investigações corroboravam a versão deles: o morto era um desconhecido completo, poderia muito bem ser um indigente e até tinha tal aspecto. Mais: morrera de ataque cardíaco. Ou seja: se não houve assassinato, não havia assassino.

Mesmo assim, o delegado Feliciano desconfiava de Perseu e Luciana. Sobretudo de Perseu.

Dias depois, teve motivos ainda mais fortes para desconfiar dele.

Capítulo 5

Perseu ficou incomodado. Só podia ficar. Imagina: havia encontrado um cadáver no seu apartamento! Troço chato. Como acontecera aquilo? Como? Passava os dias se perguntando.

Ah, Luciana. Sumira da vida dele. Nada mais natural. Se você fosse mulher e fosse para a casa de um cara pela primeira vez e, nessa primeira vez, encontrasse um morto na casa do cara, o que você faria? Além de berrar, é evidente. Você desapareceria do campo de visão desse cara para sempre! Óbvio! Ninguém gosta de achar mortos em apartamentos.

Pela primeira vez em anos, Perseu sentia-se solitário. O caso com Luciana era recente, ele ainda estava interessado, e ocorrera aquela interrupção brusca.

Isso o perturbava. Pensava nela e em suas duas ex-namoradas, as Marias Clara e Carolina. Pior: era sábado. Um festivo dia de sol e algum calor. As pessoas todas na rua, rindo, se divertindo, e ele "no limbo". Tinha de fazer algo com aquele dia. Como queria que estivesse chovendo e fazendo frio! Assim, não teria a impressão de estar desperdiçando vida.

Decidiu reagir. Apanhou a caderneta de telefones. Deveria ligar para Maria Carolina? Ou quem sabe Maria Clara? Não, não! Tentara ligar para elas antes e ambas simplesmente bateram o telefone na sua cara. Elas o rechaçariam novamente. E, para falar a verdade, Perseu tinha vergonha. Nada das Marias. Nada disso. Elaborou uma lista. Primeiro, ligaria para as mais gostosas. E a maismais era... Luciana, claro. Discou. Mal ouviu o nome dele, ela tascou:

– Não!

A recusa violenta deu uma rasteira na confiança de Perseu. Não queria ouvir outro não. Queria um sim. Um sim convicto.

Ligou para Lívia. Com ela sempre dava certo. Lívia pertencia ao lote de mulheres que Perseu designava como "de emergência": era até bem bonita, bom corpo, belo rosto. Mas chata. A vantagem era que com Lívia ele nunca ouvia não. Noite de sexo razoável garantida.

Perseu ligou, peito estufado de confiança... e Lívia disse não! Pior: inventou que a avó estava doente! O que estava acontecendo???

Decidiu apelar para a Andreia. Essa ia dar certo. Ah, ia. Andreia era uma mulher casada. Vivia uma vida monótona até Perseu atacá-la, sitiá-la e, finalmente, conquistá-la. Fazia alguns meses que não se falavam, mas ele tinha certeza de que ela jamais renunciaria a uma noite de prazeres como a que Perseu lhe ofereceria. Discou. Sorriu, antecipando as safadices que cometeria. Caprichou na rouquidão:

– Alooou? Dequinha?

A voz do outro lado veio contundente como um chute do Roberto Carlos:

– Não sou Dequinha. Sou Andreia. E sou uma mulher casada. – E clic. Perseu ficou com o fone suspenso, boquiaberto. Algo de muito estranho estava acontecendo. Definitivamente. Decidiu tomar medidas extremas. Odila.

Sabia que Odila não o renegaria. Afinal, ela era gordinha. Não que Perseu apreciasse gordinhas. "Mulher gorda pra mim é homem!", vivia dizendo. Mas aquela era uma situação de emergência, e Odila tinha boas pernas. Tomara que viesse de minissaia. E deu certo! Ela topou e veio de minissaia mesmo! As coisas estavam se encaminhando bem, afinal. Mas tudo acabaria mal. Muito mal.

Capítulo 6

Como Perseu esperava e ansiava, a gordinha Odila não opôs resistências.

Marcaram encontro no apartamento dele e ela nem discutiu. Foi, toda pimpona, de minissaia e botas, pronta para ser abatida como uma rês no brete. Nem parecia tão gordinha. Logo de saída, Perseu a besuntou com dois ou três elogios, em seguida a amaciou com alguns copos de vinho branco suave, que mulher gosta de bebida docinha, e, quando ela emitiu o primeiro suspiro, partiu para o ataque decidido, porém brando. Suas mãos habilidosas testaram-lhe a maciez das coxas, escalaram-lhe as virilhas e, mal ela pensou protestar, já haviam batido em retirada e atacavam outro ponto, as costas. Era a tática de guerrilha: investida fulminante num setor e, antes que o inimigo decida contragolpear, recuo rápido para fustigar nova área. Usando essa estratégia, Perseu logo alcançou a zona crítica: o fecho do sutiã. Nesse ponto, cada movimento é fundamental. É como um jogo de xadrez, um lance em falso redunda em xeque-mate. Porque, uma vez que se tenta abrir o fecho, não se pode desistir – seria uma frustração para a presa, agora já ansiando por ser devorada. O problema é que alguns fechos são complicados. Possuem ganchos duplos, engates enviesados. A destreza no manejo deles é imprescindível, pois a demora ou o fracasso na abertura pode levar à frustração irremediável da mulher e a um irreversível processo de desconcentração do homem. Perseu, no entanto, estava muito bem preparado. Semanalmente, treinava em casa, com os mais variados tipos de sutiã. Adquirira perícia absoluta em abrir fechos tortos, retos, de botão e até os mais traiçoeiros – os que abrem na frente. Foi fácil, portanto. Clec, e o fecho do sutiã de Odila estava aberto. Não era à toa que ele era Perseu, sobrenome Paixão.

O que aconteceu então foi inesperado e apavorante: os seios de Odila, que sempre tinham sido volumosos, é verdade, mas nunca pendentes, nunca flácidos, esses seios que eram um (ou dois) dos pontos fortes dela, despencaram lá de cima, da vizinhança dos ombros, em queda livre, e só foram parar na linha do umbigo, desanimados, murchos, balouçantes, sorumbáticos.

Perseu levou um susto. Naquele mesmo instante, seu cérebro enviou uma mensagem para seus órgãos genitais: "Fique fora dessa! Fique fora dessa!" E seus órgãos genitais responderam fenecendo tal qual haviam fenecido os peitos da gordinha, e Perseu se desesperou. O que fazer? O que fazer? A gordinha, além de gordinha, era uma fofoqueira conhecidíssima, ia espalhar a notícia do seu fracasso para todas as suas amigas, entre elas... Luciana! Oh, não! O que fazer?

Capítulo 7

Perseu era um homem experiente. Um profissional do prazer. Passados os primeiros minutos de pânico, já sabia o que fazer com a gordinha Odila. Teria de apelar para a fantasia. Para a imaginação. Ele era um bárbaro conquistador. Isso! Ele era um dos terríveis hunos de Átila, o Flagelo dos Deuses, e acabara de arrombar a casa desprotegida de uma patrícia romana virgem e solitária. Isso! Isso! Tinha arrancado as roupas da virgem, tinha prendido suas mãos – e nesse instante ele segurou com força as mãos da assustada Odila – e agora ia violá-la. Sim, sim, sim! Siiiim...

Perseu queria rosnar: grrrraaau! – sim, era um estuprador, que pouco se importava se os seios da vítima eram tesos, eram moles, eram vesgos, eram descaídos ou se eram um só! Sim, era um estuprador que só se interessava pelo sexo brutal! Um bárbaro! Um huno! O próprio Átila!

– Sou o Flagelo dos Deuses! – berrou Perseu, quando da penetração, para enorme espanto de Odila. – Sou o Flagelo dos Deuses! – repetiu, e ela já estava aterrorizada, até que ele finalmente concluiu o ato num espasmo e salvou sua reputação. Mais tranquilo, Perseu suspirou. Pensou, satisfeito: obrigação cumprida. Mas Odila queria romance. Se havia uma coisa que Perseu odiava nas mulheres era essa necessidade de romance depois do sexo. Lá vinha ela, cheia de tiuque-tiuque, fazendo biquinho, pedindo beijo na boca. Essa não! Será que ela não tinha sensibilidade nenhuma? Beijo na boca uma hora daquelas???

Perseu saltou da cama.

– Tenho que ir ao banheiro – informou. E se foi. Não precisava ir ao banheiro coisa alguma, só tinha de sair dali. Ficou no banheiro, alucinado, andando de um lado para outro, tentando bolar uma justificativa para expulsar a gordinha do apartamento. Ele sempre dizia: o caminho mais longo é o que vai da cama à casa da mulher, após o sexo. Será que elas não percebiam que depois de todo o esforço, o empenho, a conversa, a energia e os neurônios gastos, sobretudo depois do gozo, será que elas não entendiam que o homem estava então consumido? Que não suportava mais a menor carícia, o menor afago?

Insensíveis!

Perseu ficou, ficou, ficou no banheiro.

Saiu, enfim. Caminhou irritado até o quarto. Ia mandá-la embora, e pronto. Abriu a porta. Entrou.

Viu: a gordinha dormia, feliz. Roncava, com o barrigão para cima. Seio esquerdo para um lado, direito para o outro. Como inimigos.

Desgraçada, decidiu dormir no apartamento! Se havia algo que Perseu odiava mais do que tiuque-tiuque depois do sexo era a mulher querer passar a noite com ele. Que fazer?

Conformou-se. Deitou ao lado dela e adormeceu.

Acordou horas depois, sobressaltado por um sonho ruim. Sentia um travo amargo na boca e uma ânsia na alma. Levantou-se para escovar os dentes. Tinha de escovar os dentes! Foi até o banheiro, trôpego. Tomou a escova, espremeu a pasta. Escovando os dentes, saiu a caminhar pelo apartamento. Percorreu o corredor escuro. Chegou à sala.

E lá estava ele. Ele, não; aquilo. Um homem. Morto. Um cadáver. Mais um cadáver.

Capítulo 8

Perseu tentou gritar. O grito não saiu. Ficou entalado. Um cascalho na laringe. Perseu se sentia como um afogado, um enterrado vivo. Começou a arfar. A suar. Encostou-se na parede, não queria olhar para o corpo, mas tinha que olhar, tinha que olhar.

Horrível. Ainda pior do que o primeiro cadáver. Nu, como o outro. Como o outro, trazia no rosto uma expressão de medo. Tal qual o outro, uma cena terrível, o último facho de luz que se lhe penetrou na retina, lhe fizera arregalar os olhos em desespero. Aquele homem morrera de medo.

Medo era também o que Perseu sentia. Perseu gania de medo. Gemia de medo. Gemeu tão doído e com tamanha ânsia que acordou a gordinha Odila. Ela veio caminhando, assustada, meio cambaleante, nua, e, quando viu a cena, o corpo medonho na sala, como Luciana, ela gritou.

Capítulo 9

O delegado Feliciano estava muitomuitomuito desconfiado. Desconfiado como jamais ficara em sua vida, ele que levava uma vida de desconfiança. Era tudo tão estranho naquele caso...

Pegou papel e caneta e começou a escrever. Quando escrevia, o raciocínio aclarava. As ideias organizavam-se sozinhas, como se entrassem em ordem unida. Tinha o seguinte:

1. Dois homens totalmente mortos.

2. Ambos os corpos haviam sido encontrados, pelados, no apartamento daquele tal de Perseu, o funcionário público metido a galã.

3. Nas duas vezes, Perseu estava acompanhado por moças. Haviam cometido sexo, obviamente – elas não tinham ido até lá para jogar xadrez. A primeira, a estudante de medicina Luciana, podia ganhar qualquer concurso de rainha da chicória, do brócolis, da jaca, qualquer um – era lindíssima. A segunda era uma gordinha. Se bem que tivesse boas pernas. O rendimento de Perseu estava caindo.

4. Nada havia que indicasse que Perseu ou as namoradas, tanto a gorda quanto a gostosa, conhecessem os mortos pelados.

5. A polícia não conseguiu apurar a identidade de nenhum dos dois mortos pelados.

6. Ambos tinham morrido do coração, mas seus corpos pelados estavam em muito mau estado.

7. O apartamento era no sétimo andar e estava fechado por dentro. Ou seja: os mortos não poderiam ter sido enfiados lá pela janela e tampouco poderiam ter entrado por ela quando ainda respiravam e andavam e pulavam janelas, essas coisas.

Estranho, estranho. Feliciano queria muito apanhar Perseu. A cada minuto, o percentual de certeza de que Perseu era o assassino aumentava, na mente suspicaz de Feliciano. O problema era que, tecnicamente, não houvera assassinato, já que as mortes ocorreram devido a causas naturais.

Feliciano interrogou Perseu durante quase todo o dia, tentou flagrá-lo em contradições. Pressionou-o. Nada.

Interrogou Odila, a gordinha, e Luciana, a gostosa. Ficou mais tempo com Luciana, porque ela era melhor de se ver. Mas também não conseguiu nada com elas. Tudo tão estranho...

Feliciano decidiu que iria vigiar Perseu de perto. Colocaria detetives para segui-lo dia e noite. Acabaria por pegá-lo. Ah, sim!

Para piorar a situação, havia o caso da comissária Fernanda. O caso da comissária Fernanda estava liquidando com os últimos resíduos de confiança do delegado Feliciano. Oh, dor.

Capítulo 10

A comissária Fernanda era séria. Mesmo. Nunca ria. Passava para lá e para cá na delegacia, com aquele melenão loiro que dava uma vontade de o delegado Feliciano mergulhar o nariz nele e dar uma fungada violenta naquela nuca certamente alva e morder aquele pescoço comprido e macio, e ela passava compenetrada, parecia sempre pensar em algo grave, em algo importante, não era uma mulher de brincadeiras, a comissária Fernanda, era séria, seriíssima, se o delegado Feliciano quisesse abordá-la teria de ser uma abordagem especial, teria de falar algo importante, decisivo, algo com poder suficiente para sequestrar a atenção sisuda da comissária Fernanda, algo que fosse interessante e circunspecto ao ponto de ela parar de pensar no que estava pensando, pois tudo o que circulava pela bela cabeça perfeitamente redonda da comissária Fernanda era intenso e profundo e ponderoso, não havia dúvidas.

Ah, o delegado Feliciano sofreu. Até que finalmente teve uma ideia mais do que brilhante; faiscante: colocaria a comissária Fernanda para trabalhar no misterioso Caso Perseu. Isso! Assim, se aproximaria dela. E daria certo, claro que daria, o Caso Perseu parecia despertar o interesse da comissária Fernanda, ela vivia fazendo perguntas a respeito, daria certo, sim, daria.

E não é que deu? O delegado Feliciano a convidou para ajudá-lo e ela exultou. Passavam os dias conversando sobre os detalhes da investigação e o faziam tão compenetradamente que acabaram se aproximando, se tornando íntimos. Em pouco tempo, o delegado Feliciano já olhava para ela todo piscante e ela já piscava de volta.

Ele demonstrava seus conhecimentos de balística e ela ficava admirada, ouvindo-o com a mão sob o queixo, o cotovelo fincado em algum inquérito na mesa de trabalho, suspirando de quando em vez. Um dia, ela elogiou a pistola calibre 45 dele e ele soube: a conquista estava próxima! Em dias, já estavam participando juntos de um concurso de tiro.

Tudo ia bem, até que o detetive Betão Buarque se intrometeu. Começou a assediar a comissária Fernanda. A comissária Fernanda negava, o detetive Betão dissimulava, mas Feliciano SABIA que havia algo. Ah, havia.

O delegado Feliciano estava muito desconfiado. Do detetive Betão Buarque com a sua Fernanda. E do maldito Perseu. Ainda ia pegar aquele Perseu!

Capítulo 11

Perseu. A vida de Perseu mudara muito. Agora, ele tinha medo. Um medo de tudo e de nada, ao mesmo tempo. Um medo ilógico, mas que se justificava. Afinal, ele havia descoberto dois corpos no seu próprio apartamento. O caso fora bem encoberto pela polícia. O delegado Feliciano não queria divulgação para não atrapalhar as investigações. A imprensa, portanto, não sabia de nada. Ninguém sabia de nada, fora as duas moças traumatizadas, a polícia desconfiada e Perseu. Que tinha medo.

Perseu não conseguia mais ficar naquele apartamento. Morou por algum tempo num hotel. Depois, alugou um JK. Queria exatamente isso, um lugar pequeno, que sua vista abrangesse com uma única e rápida olhada, mal precisando virar a cabeça. Não queria mais ser surpreendido com um cadáver em alguma peça. Malditos cadáveres! Por que o perseguiam?

Mas, apesar do pequeno apartamento, ainda sentia medo. Não dormia. Passava as noites com as luzes acesas e a TV ligada. Não adiantava. Temia abrir a porta da rua e tropeçar num morto no carpete. Ou abrir a porta do banheiro e dar com um morto sentado na privada. Desgraça.

Seus nervos tinham virado guisado. Não conseguia se concentrar no trabalho.

Nem mesmo as mulheres o alegravam. Até porque as mulheres, parecia, percebiam o que estava acontecendo, mesmo sem sabê-lo conscientemente. E se afastaram dele. Todas. Era o que Perseu sempre dizia: elas são como bichinhos. Têm uma percepção animal das coisas. Se o homem está solitário, carente, ansioso por encontrar uma fêmea, o que elas fazem? Riem e fogem. A ansiedade é um dos mais eficientes repelentes de mulher. Se o homem as trai, o que acontece? Algo nelas as avisa. Algum alarme sutil soa em seus cérebros sensíveis, lhes faz arrepiar a espinha dorsal e elas, sem nem perceber, aguçam os ouvidos durante os telefonemas dos maridos, revistam seus bolsos, fazem visitas de surpresa ao trabalho deles.

É. Tem a ver com a maternidade, óbvio. Como mães, elas instintivamente se transformam em guardiãs da família. Qualquer ameaça ao núcleo de reprodução lhes alfineta o sistema nervoso. A traição é uma ameaça. Um homem carente e fraco, que não será um bom protetor da prole, é uma ameaça. O desamor do parceiro é uma ameaça. Não é por outro motivo que tantas mulheres, quando sentem que o parceiro está perdendo o interesse, engravidam. Não que seja premeditado, Perseu sabia disso.

Era o instinto.

As cidades organizadas, as nações constituídas, o mundo hoje só existe como tal porque as mulheres assim o exigiram. Para homens como ele, Perseu, importava era a aventura, a liberdade. Para elas, a estabilidade. Os homens, Perseu repetia, são tigres solitários e indomáveis; as mulheres, bichinhos.

E agora elas se afastavam dele. Farejavam o medo. A insegurança. Perseu tinha que tomar uma providência. Tinha que conseguir ajuda.

Maria Carolina? Maria Clara? Não, não, ainda tinha vergonha delas. Luciana... aí estava uma pessoa que poderia ajudá-lo. Além de ser mulher, agradável, matinal, era médica. Ou quase: estudava para se tornar médica. E mais: com ela, Perseu poderia empregar a tática da história triste. Uma boa história triste comove qualquer mulher, invariavelmente. Boaboa! Ligaria para Luciana.

Ligou. Sua atuação foi impecável. Até porque Perseu estava sofrendo mesmo. Contou, à beira das lágrimas, que não conseguia mais dormir. Pediu ajuda. Implorava, pelo amor de Deus, Luciana, que o ajudasse. Como amiga. Como ser humano. Como médica. Sabia que ela não resistiria ao apelo profissional. Enfatizou a palavra médica. E: gol do Brasil! Ela cedeu. Disse que iria visitá-lo.

– Mas vai ser uma visita profissional – observou. – Só para ajudá-lo a descansar.

Perseu exultou. Seu ânimo melhorou instantaneamente. Não sabia o que esperava por ele. Não sabia...

Capítulo 12

Lá estava Luciana em toda a sua suntuosidade. Luciana e suas sobrancelhas, Luciana e suas bochechas, Luciana e seus calcanhares, Luciana e seus cotovelos. Isso só para falar nas partes menos nobres, que não provocariam desmaio imediato, mas que dariam uma ótima feijoada.

Ela entrou sorrindo, não fugiu do abraço apertado que Perseu lhe deu (bom sinal! bom sinal!), mas, antes que ele começasse a desaguar seus problemas, enunciou, que aquilo foi um enunciado:

– Vim como profissional. E profissionais não se envolvem pessoal ou sentimentalmente com seus pacientes. Por isso, toma isso aqui – e lhe apontou duas pílulas.

Perseu olhou para a mãozinha dela. Apanhou as pílulas. Suspirou. E as engoliu. Só então passou a falar de seus problemas, do que estava enfrentando. Pediu que Luciana compreendesse, que ficasse com ele naquela noite, que...

O sono foi tomando conta dele. Um sono pastoso e pesado. Perseu fechou os olhos. E, mais tarde, preferiria jamais tê-los aberto outra vez.

Capítulo 13

Perseu abriu os olhos e viu a parede bege à sua esquerda.

Estava deitado de lado, sobre o ombro. Antes mesmo de se mexer, antes de elaborar o primeiro pensamento do dia, estremeceu. Um arrepio lhe subiu da base da espinha até a nuca. Sentia uma presença estranha no apartamento.

Havia mais alguém ali. E não era Luciana. Era uma presença maligna. Era algo ruim. Ninguém com aquela orelhinha dela, por certo.

Perseu começou a tremer. Não queria se virar. Não queria se mover. Não queria sequer ter acordado. O medo fechava-lhe a garganta, doía-lhe na vesícula. Perseu tinha vontade de chorar. De sair correndo. Mas estava paralisado.

Em seguida, se questionou. Será que havia outra pessoa ali mesmo? Não seria apenas o medo que se materializava, que tornava o ambiente pesado e quente como se outra pessoa preenchesse o parco espaço do pequeno apartamento? E se fosse Luciana? Chamou:

– Lu?...

Silêncio.

– Lu... ciana?...

Nada.

Continuou deitado, imóvel, raciocinando. Depois de todo aquele tempo, já aprendera: o medo gera mais medo, o medo só faz aumentar o medo, e o medo logo se transforma em escravidão. Sabia: tornara-se, havia algum tempo, refém do seu medo. Fazia tudo por causa daquele medo, fazia tudo para evitá-lo, para fugir dele ou para atenuá-lo, e, ainda assim, vivia imerso nele.

Perseu pensara muito a respeito e concluíra que só se livraria do medo não pensando nele, ignorando-o, como se a ameaça não existisse. Mesmo que a ameaça fosse real.

Só que não conseguia! Pensava. E sentia cada vez mais medo.

Tremendo, suando, sofrendo, Perseu decidiu que iria se virar, iria levantar-se e iria enfrentar o que quer que estivesse naquele apartamento, à espreita. Era o que devia fazer. Sim.

Foi o que fez.

Capítulo 14

Perseu virou-se lentamente. Lentamente. Aos poucos, foi percebendo o que o esperava. Mas entendeu tudo ao deitar-se de costas, girar o pescoço para a direita. E ver.

Então, gritou. Gritou com toda a força da sua aflição. Ao seu lado, deitado na cama, havia um cadáver. Nu, como os outros. De olhos esbugalhados, como os outros.

Perseu levantou-se de um salto e correu para fora do apartamento, quase chorando. Desceu a escada aos pulos, tropeçando nos degraus. Só quando estava prestes a sair para a rua compreendeu sua situação: havia um morto em seu apartamento! Um maldito morto! Outro morto! Não podia sair assim. Não podia deixar as coisas como estavam. Tinha de voltar.

Tremendo de pavor, choramingando, Perseu subiu as escadas. Empurrou a porta entreaberta. Entrou. Lá estava o cadáver, deitado. Perseu examinou o rosto medonho. Não o conhecia. Nunca o vira. O que era aquilo, Deus? O que estava acontecendo? De onde vinham aqueles mortos todos? Cobriu o corpo com um lençol. Sentou-se num banquinho de madeira. Pensou.

A primeira ideia que emergiu na ponta do cérebro confuso de Perseu foi ligar para o delegado Feliciano. Mas logo a expulsou novamente para as sombras traiçoeiras de onde ela viera – o delegado Feliciano já estava desconfiado, óbvio. Era um tipo muito desconfiado. Não havia como explicar mais um morto. Além disso, não havia outra pessoa com ele, nenhuma mulher, como das outras vezes. Luciana devia ter saído muitas horas antes, quando ele adormecera. A polícia o acusaria de ter roubado o corpo. No mínimo.

Que fazer? Que fazer???

Resolveu que só havia uma atitude a tomar. Uma única.

Capítulo 15

Perseu teria de se livrar daquele corpo. É, é. É! Não havia outra coisa a fazer. É. A tomada de decisão teve nele o efeito de um litro de chá de camomila. Acalmou-se. Estava lúcido. Calculava. Tinha duas perguntas a responder.

Primeira: onde desovar o cadáver? Essa era fácil – o rio. Rios servem para isso mesmo. Segunda: como levá-lo até lá? De carro, óbvio. Mas teria de ser à noite, quando houvesse menos chance de deparar com um maldito vizinho no caminho. Enrolaria o sujeito num lençol, desceria até a garagem, o meteria no porta-malas, e pronto. Havia um único inconveniente – teria de conviver com aquele troço horrível o dia inteiro, até a madrugada.

Perseu imaginou-se carregando o corpo envolto no lençol até o elevador, apertando o botão da garagem e, no meio da descida, a porta abrindo, abrindo, e, aos poucos, a loira do quinto andar surgindo entre o vão da porta, no corredor. Chegou a ver a loira olhando para o morto mal disfarçado pelo lençol, os olhos claros se arregalando, a boca carnuda se abrindo, o grito escalando o pescoço macio, enchendo as bochechas coradas, vibrando na língua de pecado, voando em meio aos dentes brancos e AAAAAAAAAAAAAH!, estremecendo o prédio, a quadra, o bairro, e todos os vizinhos correndo para ver o que acontecia, inclusive o porteiro lá debaixo, inclusive a polícia, uóuóuóuó... Não! Precisava dar um jeito de esconder melhor o cadáver.

Pensou. Pensou. Podia colocá-lo na mala grande. Isso! Puxou a mala de cima do guarda-roupas. Levou-a para o lado da cama. Arrastou o cadáver com certa dificuldade, puf, era pesadíssimo. Estava frio e já endurecido. Que nojo. Olhou para a mala. Da mala para o corpo. Do corpo para a mala. Pensou. Será que ele caberia ali? Será... Senhor Jesus! Será que teria de... serrar o corpo?

Capítulo 16

Será que teria de serrar o cadáver? Será??? Perseu não podia admitir isso. Não conseguiria fazer isso.

Imaginou o sangue, os membros apartados do corpo, as vísceras, ooooh, não, não conseguiria fazer isso. Começou: Deus, faça com que o corpo caiba na mala! Porfavorporfavorporfavorporfavor! E foi puxando o corpo, puf, forcejando e esbaforindo, pufpuf, e o corpo caiu pesado, cataplan!, justo na mala.

Perseu levantou as mãos para a lâmpada do teto:

– Obrigado! Obrigado!

Mala fechada, ele estava pronto para levar o presunto para o rio. Antes, porém, tinha de esperar. Eram duas da tarde. Decidiu que desovaria o cadáver às duas da manhã. Doze horas de espera. O que fazer? Mulher, claro. Uma boa mulherzinha era o melhor passatempo. Mas não podia chamar nenhuma para o seu apartamento. Muito arriscado. Além do que, não conseguiria concentrar-se na liturgia do amor, com um cadáver trancado numa mala, a dois metros de distância. Queria sair de lá. Distrair-se. Aonde ir?

A um chinaredo, óbvio. Isso. Um bordelzinho sortido seria um bálsamo para os seus músculos doloridos, um relaxante para seus nervos alquebrados.

Foi.

Escolheu uma agradável casa de massagens. Tirou a roupa. Recebeu o roupão na entrada. Mergulhou na piscina térmica. Uma delícia. Estava dando braçadas, tranquilão, quando apareceu um outro frequentador, também de roupão, abraçado a uma loira. Os dois riam.

– Ei – gritou o homem. – Eu não entraria nessa piscina.

Perseu parou de nadar. Olhou para ele.

– Por quê? – perguntou Perseu.

– Não é muito higiênico. Sacumé, o pessoal às vezes faz umas atividades aí dentro...

Que nojo, que nojo. Perseu saiu da piscina e foi direto para a ducha. Esfregou-se bem. Que nojo, que nojo. Secou-se. Vestiu o roupão. Arrastou os chinelos de dedo até uma pequena boate, onde tocava música mecânica. Frank Sinatra, que coisa. Demorou alguns segundos para acostumar os olhos à escuridão. Entrou. Encostou-se no balcão.

– Um chope, por favor.

Copo na mão, ficou observando o ambiente. Perseu desenvolvera uma política, ao visitar esse tipo de lugar: se ia pagar para dormir com uma mulher, ela teria de ser daquelas que são tão lindas que dão medo até de se aproximar, das que ele teria de gastar seis meses e milhares de reais até finalmente arrastá-la para a cama, das que usam minissaia e botas sem medo, das que se tornam célebres nas faculdades de comunicação. Desse gênero, havia apenas uma ali. A de cabelo castanho, na outra ponta do balcão. Ficou olhando fixamente para ela. Ela percebeu. Encarou-o. Sorriu. Ele se aproximou, gingando, copo na mão.

– Tudo bem?

– Tudo. Qual é o seu nome?

– Perseu. E o seu?

– Tábata. É a primeira vez que você vem aqui?

Perseu detestava essa pergunta. Era sinal de que ela queria saber se ele era do interior ou de outro estado. Se fosse, tentaria esbulhá-lo. Depois dessa pergunta a próxima seria: posso pedir um drinque?

– Não, não, já vim aqui outras vezes – respondeu Perseu, decepcionado.

– Gozado, não lembro de você. Posso pedir um drinque?

Pronto. Perguntou. Era uma apressadinha. Só pensava em dinheiro, dinheiro, dinheiro, não era das que se divertiam com a profissão. Aí é que está, pensou Perseu, com alguma raiva. O profissionalismo verdadeiro só existe se há amadorismo. Quer dizer: só gostando do que faz é que alguém se torna um bom profissional. Logo, para ser profissional é preciso ser amador. Essa de cabelo castanho só era prostituta por dinheiro, só pelo sonante, pelo vil metal. Deveria ser péssima na cama. Das que transam olhando para o relógio.

Descartou-a.

– Não leva a mal – despistou. – Vou dar uma voltinha por aí.

O jeito era pegar a segunda colocada. Examinou o lote. Olha lá aquela gorda. Totalmente gorda. Quer dizer: totalmente, não. O pé é magro. O que ela está fazendo ali? Tsc, tsc, gordas. Vai morrer de fome, nessa profissão.

Estava com vontade de provar uma morena. Fazia tempo que não arrumava uma morena. Lá estava uma de calça branca, mas Perseu jamais escolhia mulheres que cobriam o corpo, em bordéis. Se o corpo estava coberto, elas tinham algo a esconder. Pô, ela está num bordel, tem a oportunidade de se vestir como uma vagabunda, que é o sonho de qualquer mulher, e usa calça comprida? Ah, não!

Perseu tampouco assediava as que estivessem sentadas. Pelo menos não antes de vê-las de pé. O cara vai lá, trova uma sentadinha e, quando ela se levanta, é uma abóbora de pescoço. Não mesmo! Portanto, nada de sentadas, nada de muito vestidas. Olhou... pesquisou... Tinha uma que o corpo não era nada mau, mas o rosto... a mulher era a cara do Paulo Nunes. Ah, lá estava uma decente. Uma boa morena. Baixinha, porém cheia de curvas. Bem de retaguarda, bem de centroavante. Além disso, Perseu sabia: as baixinhas são mais fogosas.

Foi lá.

Tudo certo, tudo certo. A baixinha não se mostrou dinheirista. Era alegre, que Perseu não admitia vagabunda deprimida. Parecia gostar do que fazia, a baixinha. Tudo bem. Agora, a parte delicada. O melhor era ir direto ao ponto.

– Quanto é o programa?

Ela riu:

– Para você, duzentos.

– Nossa! – espantou-se Perseu. – Duzentos?! Olha, você vale muito mais, mas eu só tenho cenzinho...

Ela pensou. Sorriu.

– Tá bom, então.

Grande baixinha!

Perseu não se enganou. A baixinha era excelente. Fez tudo certinho, inclusive a parte que ele mais apreciava nas mulheres pagas: colocou a camisinha com a boca.

Voltou para casa mais aliviado, quase sorridente. Mas, a meio caminho, veio-lhe à cabeça um pensamento inquietante: e se chegasse ao apartamento e lá houvesse... outro... cadáver?

A simples possibilidade fez o peito de Perseu se comprimir até ele gemer. Mas foi uma gemidinha de leve. Pisou no acelerador. Se houvesse outro cadáver, queria encontrá-lo de uma vez.

Capítulo 17

Perseu saiu do elevador suando. Tremia um pouco. Em que estado encontraria seu apartamento? Será que haveria alguma... surpresa ruim... por lá? Tremia.

Passou algum trabalho para enfiar a chave no buraco da fechadura. Virou a chave, afinal. Empurrou a porta, devagar. Ela fez o nhéééin dos filmes de terror. Ele estremeceu. Detestava portas que faziam nhééééin. Escancarou-a, sorvendo uma golfada de ar e de coragem. Olhou o interior do pequeno apartamento. Os parcos móveis. A cama. A mala grande estufada com o corpo.

Nada mais. Tudo normal. Perseu suspirou, aliviado. Daria um jeito naquilo de uma vez. Apanhou a mala. Pesadíssima. Pelo menos tinha rodinhas. Puxou-a pelo corredor. Chamou o elevador. O elevador chegou. A porta se abriu. Vazio. Perseu entrou. Não queria encontrar ninguém. Testemunhas, sabe como é:

– Vi o suspeito descendo no elevador de madrugada, levava uma mala gigantesca.

Depois o promotor:

– Onde o senhor ia com tal mala, senhor Perseu?

– Eu... fui viajar.

– Para onde?

– Para o interior, ver uns amigos.

– Quanto tempo ia ficar fora?

– O fim de semana.

– Então para que uma mala tão grande?

Não, não, era melhor não encontrar ninguém.

E ninguém apareceu. Com imensa dificuldade, Perseu levantou a malona até o porta-malas e a fechou lá, bem fechadinha, entrou no carro e arrancou. Saiu da garagem, dirigiu rápido pelas ruas estreitas, tomou o caminho do rio.

Em seu nervosismo, não percebeu que estava sendo seguido. Foi o seu erro. Mais um erro.

Capítulo 18

Bem que Perseu tomou cuidados para não ser seguido. Mas seus nervos fraturados embaraçavam-lhe os olhos e o cérebro. Suspeitou de um carro, vigiou-o pelo retrovisor. Por causa dele, deu voltas inúteis pela cidade, tentando despistá-lo. Era outro carro que o seguia. Outros, na verdade. Dois.

Ao chegar à margem do rio, olhou para os lados. Nada. Nenhum carro, nem ninguém. Ofegando, suando e tremendo, ele abriu a porta. Esgueirou-se até a traseira. Levantou a tampa do porta-malas. Olhou para a malona. Espiou em volta mais uma vez.

Nada.

Ninguém.

Com enorme esforço, tirou a malona para fora. Começou a arrastá-la. Então, luzes se acenderam. Da esquerda e da direita. Perseu levantou a cabeça, assustado. Quê??? Um grito ficou enrolado em seu gogó. Faróis de carro. Que era aquilo?

Tudo aconteceu muito rápido. Em segundos, Perseu estava cercado, algemado, enfiado dentro de uma viatura.

Perseu havia sido preso.

Capítulo 19

No caminho até a delegacia, a cabeça de Perseu foi zoando: como acontecera aquilo? Estava tão perplexo que sequer cogitou em perguntar algo para o delegado Feliciano e a comissária Fernanda, que sorriam vitoriosos, dentro do carro.

– Ocultação de cadáver – repetia Feliciano, esfregando as mãos. – Não é assassinato, mas já está bom. Já está bom... Eu sabia que ele era culpado. Eu sabia!

Como a polícia descobrira o que ele ia fazer? Como o seguiram? Como aquilo havia acontecido? Perseu tinha vontade de chorar.

Sua perplexidade aumentaria ainda mais nos minutos seguintes. Ao chegar à delegacia, algo muito estranho aconteceu. Perseu desceu do carro, algemado e aflito, olhou para os lados, temendo que algum conhecido o reconhecesse, e então, na esquina, ele viu: lá estavam quatro mulheres, as quatro dentro de um carro estacionado ao lado da calçada, sob a luz de um poste. As quatro conhecidíssimas dele: Odila, Luciana e as duas Marias, a Carolina e a Clara.

A cena perturbou Perseu. O que significava aquilo? O que elas estavam fazendo lá? Teriam sido avisadas pela polícia da sua prisão? Não podia... Claro que não. Mas, se não tinham sido avisadas, como sabiam?... E as Marias?... Puxa, Luciana e Odila se conheciam, certo, mas as Marias não conheciam Luciana nem Odila. Não que ele soubesse...

Perseu foi jogado numa cela pequena, onde já estava um outro homem. O homem se apresentou, disse chamar-se Douglas, contou por que fora preso, mas Perseu não ouvia. Apenas tentava descobrir o significado da cena: aquelas quatro mulheres na esquina.

Perseu pensava, tentava raciocinar, e Douglas falava. Sobre mulheres, o assunto preferido de Perseu. Em outros tempos, prestaria toda a atenção nas histórias do seu colega de cela, contaria alguns casos ocorridos com ele, trocariam façanhas e certamente se tornariam amigos. Mas agora, não. Agora, Perseu só queria tentar entender o que ocorrera.

A falação incessante de Douglas o perturbava, mas Perseu não queria arranjar inimigos na situação em que se encontrava. Tentou dar-lhe alguma atenção, virou-se para ele. Douglas gesticulava. Brandia uma mão com unhas que renderiam um bom par de horas extras a uma manicure. Tinha mau hálito, o infeliz. Perseu tentou distanciar o nariz pelo menos dos efes e esses. Fez força para ouvir uma frase e, talvez, fazer alguma observação a respeito. E foi justamente essa frase que lhe banhou a testa como um jorro de luz. Douglas disse, concluindo alguma história de conquista:

–....eu sei tratar as mulheres, eu sei como lidar com elas, só que elas às vezes são terríveis, às vezes elas são pérfidas.

Perseu gritou:

– As mulheres!

Douglas:

– É, sim. Elas são pérfidas.

– Foram elas! – berrou Perseu outra vez. E ficou repetindo: – Foram elas, foram elas, foram elas...

Douglas não entendia nada. Foram elas o quê? Perseu andava de um lado para outro, na cela, falando sozinho, encaixando uma peça na outra, deduzindo: as mulheres! Elas é que planejaram tudo. As quatro ou talvez até outras mais das mulheres que seduziu e que, em algum momento, haviam sofrido por ele, foram elas que começaram a colocar os malditos cadáveres em seu apartamento.

Claro! Claro!!! Luciana, o que era? Estudante de medicina. Óbvio: ela conseguiu os corpos, talvez os três corpos. CERTAMENTE os três corpos. Eram de indigentes, e por isso ninguém descobriu quem eram. E ela escolheu criteriosamente: pegou os que tinham morrido de causas naturais. Assim, embaralharia ainda mais a cabeça de Perseu. Elas deviam se conhecer, com certeza se conheciam! Fora tudo planejado. Tudo! No primeiro cadáver, Luciana abriu a porta e as outras o levaram até lá. No segundo, a gordinha Odila fora quem abrira para Luciana e as Marias colocarem-no na sala. Depois, fingira estar dormindo e deixara que Perseu descobrisse o corpo. Talvez o tivessem sedado. É! E, no terceiro, Luciana o sedou mesmo! Desgraçada! Desgraçadas! E, claro, Perseu ficou abalado, o resto todo ficou por conta da imaginação dele: o medo nos rostos dos mortos, as expressões de pavor, desgraçadas!

DESGRAÇADAS!

Perseu jogou-se nas grades:

– O delegado! Preciso falar com o delegado!

Capítulo 20

Não foi o delegado quem veio correndo para atender aos berros de Perseu. Foi a comissária Fernanda.

– Que foi, rapaz? – quis saber ela, calma.

– Delegada! – Perseu ofegava. – Delegada!

– Comissária, rapaz...

– Comissária, certo! Comissária, eu descobri tudo. Tudo! Foi um complô! Um complô de mulheres contra mim! Preciso contar tudo, delegada!

– Comissária...

– Comissária. Preciso contar tudo, comissária!

Ela o olhou com a cabeça inclinada, pensativa. Sorriu um sorriso encantador, de dentes branquinhos e lábios vermelhos de paixão. Então, ele lembrou: era paixão. Perseu Paixão. E talvez fosse essa a sua maldição. Até rimava.

A comissária falou, afinal:

– Está bem. Vou ouvir o que você tem a dizer. Mas você vai ter que esperar um pouco. Já volto.

E deu-lhe as costas.

– Delegada! – berrou Perseu.

– Comissária...

– Comissária! Por favor...

– Calma. Eu já volto.

E se foi. Deixando Perseu desesperado e Douglas contentíssimo – ainda havia alguém ali para ouvi-lo. Durante mais de uma hora, Perseu ouviu os relatos das glórias sexuais de Douglas. Ou: fez que ouviu. Na verdade, apenas lembrava de cada detalhe do que lhe acontecera desde que conhecera Luciana. Malditas. Malditas!!! Quando já estava pensando em esgoelar Douglas, a comissária Fernanda retornou. Abriu a cela.

– Vamos conversar – anunciou. Perseu a seguiu até uma pequena sala. Suava. Tremia. Havia uma mesa no centro da sala. Duas cadeiras. Um copo de suco de laranja sobre a mesa.

– Senta e toma o suco pra se acalmar – ordenou a comissária. – Depois, pode falar.

Perseu obedeceu. Sentou. Engoliu, gulp!, o suco. E começou a falar. Falou, falou, falou. Contou tudo. Suas deduções. Na verdade, suas certezas. A comissária ouviu em silêncio, aquiescendo com a cabeça, de vez em quando fazendo "arran" ou balbuciando "sim", "certo", incentivando-o a falar, levantando uma sobrancelha, apertando os lábios polpudos com os dedinhos de unhas bem feitas. Perseu falou durante uma hora, as palavras saindo em catadupas de sua boca ávida, escorrendo pelo chão, inundando as paredes, entrando pelos ouvidos e pelos olhos da comissária Fernanda.

Ao concluir seu relato, Perseu estava cansado. Destruído. A comissária se levantou.

– Bem – disse. – Não vamos poder fazer nada agora. É tarde. Você vai voltar para a cela, dormir e amanhã resolveremos esse assunto.

Perseu olhou para ela suplicante. Era um vira-lata implorando por um novo dono.

– A senhora acredita em mim? – perguntou, desesperado. – Acredita?

Ela o encarou, séria. Depois sorriu.

– Acredito – sentenciou, seca. – Vamos.

Perseu voltou para a cela mais tranquilo. Deitou-se no catre. Douglas continuava a falar de mulheres.

– É gostosa essa comissária Fernanda, hein? – dizia. – Como é gostosa. Olha, sei de umas histórias dela. É um furacão. Acredita em mim: um furacão! Uma devoradora de homens. É isso o que ela é: devoradora de homens! – E seguiu com a arenga.

Perseu não ouvia mais. Adormeceu. Sonhou com a gordinha Odila, com Luciana, com Maria Clara e Maria Carolina, com a loira do quinto andar, com a comissária Fernanda e seu suco de laranja e a definição que Douglas fizera dela: devoradora de homens, devoradora de homens... O sono foi ficando mais profundo, cada vez mais profundo... até que finalmente nem sonhar mais ele sonhava.

A manhã chegou e Perseu continuou deitado. Meio-dia, e ele ainda não levantara. Douglas ficou desconfiado. O que havia acontecido? Será que o seu novo colega de cela estava se sentindo mal? Sacudiu-o. Perseu não se mexeu.

Douglas tentou virá-lo de lado. Então viu.

– Meu Deus! – Gritou. – Meu Deus!!!

Perseu estava morto. De olhos arregalados. A boca aberta num esgar. Uma expressão de pavor no rosto. Era um cadáver horrendo, Perseu. Um cadáver medonho de se ver.

Livro 2

A mulher do centroavante

A sogra do Haroldinho

Lá estava o Haroldinho, numa casa sombria, diante de uma porta cinza, para a qual sua mulher apontava e advertia:

– Jamais abra essa porta. Entendeu? Jamais!

Como havia se metido naquela situação? Bem, tudo começou com Amelinha.

Amelinha. Não era uma mulher que merecesse uma segunda olhada. Mas também não servia para feia, não, isso não. Era... comum. O Haroldinho só se interessou por ela porque ela se interessou por ele. É como quase sempre acontece – a mulher se interessa pelo homem, e o homem: opa!, uma chance ali. E acaba se interessando pela mulher. Quando a Amelinha apareceu com aquele Chevette com a caixa de câmbio avariada na oficina mecânica do Haroldinho, ele não viu nada de diferente nela – até porque não havia nada de diferente mesmo. Mas ela lhe lançou uns olhares de caldo de cereja e o Haroldinho ficou todo excitado. Fazia tempo que uma mulher não o olhava daquele jeito. Uns três meses, pelo menos. Desde que tinha se separado da sua antiga mulher. Aliás, depois da separação, nada mais dera certo para o Haroldinho. Nem a sua velha jogada, a jogadinha na ponta-esquerda do Huracán, o time lá do IAPI. Justamente a velha jogada que nunca falhava: o Haroldinho, pequeninho que era, subia na bola com o pé direito. Isso mesmo: subia! E, de cima dela, girava o corpo, iludia o adversário e chutava em gol, de qualquer ângulo, surpreendendo sempre o goleiro. Nem essa jogada dava certo. Na última partida, o treinador colocou o Haroldinho no banco. Que humilhação! Na oficina, também havia problemas. Os clientes escasseavam e, com eles, escasseava o dinheiro. Para economizar, passou a morar na oficina mesmo, num puxado nos fundos. Por isso, no momento em que a Amelinha apareceu e lambuzou-o com o olhar, o Haroldinho pensou que sua sorte estava mudando. E de fato estava. Só que não da forma como ele esperava. Ah, não. Naquela época, porém, o Haroldinho nem desconfiava do que lhe aconteceria. Pobre Haroldinho. Convidou-a para sair. Ela aceitou. E Haroldinho pensou, falando para o seu macaco hidráulico como se fosse o melhor amigo:

– As coisas estão melhorando mesmo, rapaz!

No dia marcado, levou uma hora se lavando, esfregando-se com sabonete de mecânico, tirando a graxa do meio das unhas. Ela ficou de encontrá-lo na oficina. Haroldinho ficou esperando-a todo perfumado, cabelo com gel, sua melhor camisa – uma listradinha. Mas, quando ela chegou, pareceu decepcionada. Disse, como que lamentando:

– Tu estás todo limpo...

Haroldinho analisou-se, olhou para a camisa listradinha, para as calças.

– Não gostou?

– Tudo bem – disse ela, puxando-o para o Chevette. – Vamos lá.

Foram. Para um rodízio de pizzas. No fim da noite, ao retornarem para a oficina, ele perguntou se ela queria entrar. Ela respondeu:

– Entro amanhã. Às dez da noite. Mas quero que tu prometas uma coisa...

– O quê? – o Haroldinho estava desconfiado.

– Que tu não vais te lavar.

– Hein? – Haroldinho começava a cogitar se a mulher não seria maluca.

– Promete.

– Tá bom. Prometo.

– Então, até amanhã.

Será que era louca? Será? O Haroldinho foi dormir encasquetado. No dia seguinte, fuçou em bobinas, trocou velas, arrancou radiadores, rolou pneus. Uma hora antes do encontro, ansiava por um banho. Mas resistiu à vontade. Se ela o queria sujo, o teria sujo. Às 22h em ponto, ela apareceu. De minissaia. Uma mulher quando veste uma minissaia num encontro nunca o faz em vão. Não mesmo. Pois Amelinha estava ali, no meio da oficina, de minissaia. Boas pernas. O Haroldinho estava um pouco constrangido. Sentia-se mal assim, preto de graxa. Amelinha o examinou de alto a baixo. Seus olhos brilharam. Ela passou a língua nos lábios. Aí começou a fazer aquilo. Coisa mais estranha.

Olhou-o. Aproximou-se. E começou a rosnar. Primeiro baixinho:

– Gnnnn... gnnnn... – Depois alto, cada vez mais alto: – Grouaur! Grouaur! – mostrando os dentes.

O Haroldinho se assustou. Recuou dois passos. Encostou-se num Gol com problemas na parte elétrica, talvez fossem as velas. Pensou em correr. Era tarde.

Ela pulou em cima dele, rosnando sempre, grouaur!, derrubou-o no chão, entre a chave inglesa e o maçarico. Começou a se esfregar nele, a rasgar suas roupas. Em dois minutos, também estava suja de graxa. Em cinco, Haroldinho havia sido seviciado. Em meia hora, ela se foi, suspirando, satisfeita, e deixando um aviso:

– Volto amanhã. Às dez.

Cumpriu a promessa. Voltou. E os dois tiveram outra sessão de sexo rapidamente selvagem ou selvagemente rápido, tanto faz. Nos dias seguintes, o Haroldinho podia se considerar um homem feliz de novo. Arranjara uma aventura sexual, algo que não ocorria havia três meses, e até voltara a jogar bem. A sua jogada, a velha jogadinha, funcionava novamente. E ele, que vinha embolorando no banco de reservas, reconquistou a camisa 11 do Huracán. Um mês se passou – encontrou Amelinha todos os dias da primeira semana, cinco dias da segunda, três da terceira e dois da quarta. Começava a se cansar dela. Porque ela nem era tão interessante assim. Realmente, não era uma mulher para quem se desse uma segunda olhada. Além disso, sentia-se incomodado com aquilo de sexo com graxa. Queria um pouco de normalidade. Que mal há em um pouco de normalidade de vez em quando afinal? Haroldinho planejava se afastar gradualmente da Amelinha, até que se separassem de vez. Foi então que, numa terça-feira de vento e chuva, ela apareceu na oficina de manhã. Era a primeira vez que aparecia de manhã. Algo havia acontecido.

– O que houve? – quis saber o Haroldinho, nervoso. E ela, grave:

– Vamos conversar lá fora.

Lá fora, ela disse, sem prolegômenos:

– Nós vamos ter um filho.

O Haroldinho não sabia o que dizer. Ficou de boca aberta, olhando para a Amelinha, que não parava de falar, o nenê ia nascer em agosto, provavelmente seria de leão, leão era um signo bom, um signo forte, as pessoas de leão têm personalidade, se fosse menina se chamaria Renata, se fosse menino seria Haroldo, como o pai, o Haroldinho não estava feliz?

Não, o Haroldinho não estava feliz. Mas não conseguiu dizer isso a ela. Calou. E deixou que os fatos se sucedessem. Então, ora, eles se sucederam. A barriga de Amelinha foi crescendo, a gravidez se consolidando. O que, de alguma forma, o espantava. Ele sempre se surpreendia ao ver a barriga e pensar que ali dentro nadava o seu filho.

Finalmente, a Amelinha propôs:

– Por que tu não vais morar na minha casa? Coisa feia, um pai de família morar numa oficina...

Haroldinho pensou: por que não? Uma casa de verdade... Com quarto, sala, cozinha, banheiro, tudo direitinho... Por que não? Quem sabe até a Amelinha parasse com aquela mania de sexo engraxado. E ela não era má pessoa. Não era uma mulher para quem se olhasse duas vezes, mas também não era má pessoa. Por que não? Haroldinho decidiu ir. Foi então que se viu diante da porta cinza. Foi então que todo o Mal começou a acontecer.

Numa manhã abafada de sábado, Haroldinho reuniu seus parcos pertences e mudou-se para a casa de Amelinha. Nunca tinha ido até lá, embora não ficasse longe da oficina. Era sempre Amelinha que o visitava. Mal entrou no lugar, teve vontade de sair correndo. Havia um cheiro de coisa antiga no ar, um odor rançoso e quente. A sala era escura, repleta de pequenas estatuetas e castiçais com velas, algumas delas acesas. Amelinha foi-lhe apresentando as peças.

– Aqui é a cozinha – pequena e escura. – Aqui é o nosso quarto – grande e escuro. – E essa porta aqui – a porta! Naquele instante, ela disse a frase a respeito da porta, aquela que você leu no começo: – Jamais abra essa porta. Entendeu? Jamais!

Haroldinho estremeceu observando a porta pesada e cinza. Muito estranho aquilo.

– Por quê?

– Porque sim. É só o que te peço: não abra essa porta nunca. Nunca!

Haroldinho achou melhor não perguntar mais nada. Devidamente instalado, sentou-se na sala escura e ligou a televisão. O Ituano jogava contra a Matonense. O Ituano tinha um centroavante muito bom, que ele achava que devia ser contratado pelo Inter – Haroldinho era colorado radical. Dos fundamentalistas. Até havia escrito uma carta para a direção do Inter sugerindo a contratação do centroavante do Ituano, mas os homens nem deram bola para ele. Haroldinho assistiu ao jogo se lamentando, "como é que eles não veem que esse guri é craque?", enquanto a mulher trabalhava na cozinha. Terminada a partida, bocejou, espreguiçou-se e já ia perguntar pelo jantar quando sentiu uma presença estranha na sala. Sabia que não era a Amelinha – podia vê-la com o canto do olho, perto do fogão. Mas tinha certeza de que havia alguém ali, às suas costas.

Teve medo. Não conseguia definir por que, mas sentia muito medo. Arrepiou-se do tornozelo à nuca. Virou-se devagar. Olhou por sobre o ombro direito.

Então foi o choque. O choque. Haroldinho viu uma coisa horrível, uma pessoa horrível. Uma velha. Magra, encurvada, com um rosto enrugado, um olhar maligno. Ao lado dela, duas crianças. Meninas. Ambas igualmente assustadoras. Haroldinho gritou, aaaah!, e levantou-se de um salto. A velha e as crianças continuaram impassíveis, analisando-o.

– De onde vocês saíram? – perguntou Haroldinho, o coração ribombando.

A velha falou, com uma voz que saiu de algum lugar sinistro e gelado:

– Nós sempre estivemos aqui.

– Quem é a senhora? – ainda estava nervoso.

– É a minha mãe – a resposta partiu de Amelinha, que chegara enxugando-se com um pano de prato.

– Mãe?

– Mãe. Ela mora com a gente. E essas duas são minhas filhas.

Mãe. Filhas. Que história era aquela? Ela nunca contara que tinha mãe e filhas. Nem que moravam com ela. Haroldinho estava perplexo. A velha rosnou algo. Haroldinho não ouviu direito, pareceu-lhe que dissera... "pangaré"? Teria sido isso? Haroldinho não teve tempo de perguntar. A velha deu-lhe as costas e, levando as duas meninas pela mão, abriu a porta cinza e entrou no tal quarto proibido. Haroldinho queria falar algo, protestar, mas apenas ficou ali, de pé, sem entender nada, sem falar nada. Foi um erro. Se tivesse reagido naquele momento, talvez nada do que aconteceu teria acontecido.

Mas aconteceu.

Com o tempo ele percebeu: a sogra o detestava, isso era claro como a panturrilha da Luana Piovani. Nunca falava o seu nome. Só o chamava de pangaré, onde já se viu! Haroldinho não reagia. Tinha medo dela. Dela e daquele quarto misterioso, onde a velha praticamente morava, com as duas meninas malévolas. Às vezes, Haroldinho ouvia sons esquisitos vindos de lá. Vozes. Orações, talvez, até parecia *O bebê de Rosemary*, que horror. Amelinha entrava no quarto e se encerrava com as outras, seguidamente até o amanhecer. Fazendo o quê? Ele se arrepiava só de pensar. Iam-se os meses. Sua filha nasceu. Renata. Lindinha. Apaixonou-se pela menina. Não queria que as outras a levassem para o quarto proibido, mas elas sequer o ouviam. Apanhavam a pequena e sumiam atrás da porta cinza. Haroldinho sentia-se mal. Todos o destratavam naquela casa, inclusive Amelinha, que, desde o nascimento da filha, mal lhe dirigia a palavra. O clima era hostil. Haroldinho não entendia nada, não sabia o que fazer. Até o dia em que encontrou um amigo mecânico numa loja de peças. "Haroldinho, velho de guerra! Como vai? Que tem feito? Casou? Beleza! Com quem? Quê? Com quem??? Amelinha da graxa???"

– Como assim, da graxa? – Haroldinho, preocupado.

– Haroldinho, meu Deus, no que tu estás metido!

– O que foi??? – Haroldinho estremeceu. – Que foi?

– A Amelinha da graxa, rapaz! Ela não tem dois filhos?

– Duas filhas...

– Isso. Duas filhas. Sabe de quem são?

– Nunca perguntei... – o Haroldinho se dera conta agora de que nunca perguntara.

– De mecânicos!

– Mecânicos?

– Mecânicos. Ela é louca por mecânicos. É louca por graxa. Vive frequentando as oficinas com um Chevette com problemas de escapamento, assedia os mecânicos e aí...

– Caixa de câmbio.

– Ahn?

– Problema na caixa de câmbio. Mas, e aí?...

– Ela já casou com dois mecânicos, rapaz! Dois! Engravidou e casou com eles.

– Comigo também...

– Também? Ela tem um filho contigo?

– Filha...

– Então tu estás em perigo! Grande perigo! Sabe o que aconteceu com os pais dos dois filhos dela?

– Filhas. Não... não sei – Haroldinho sentia-se fraco. As pernas virando maionese.

– Desapareceram. Sumiram! Os filhos nasceram e, antes de completar um ano, os caras sumiram. Ninguém sabe o que houve. A família de um deles tentou investigar, mas não se descobriu nada. Corpos, nada. A Amelinha disse que eles fugiram, mas todo mundo desconfia da sogra.

– A sogra! – o Haroldinho estava realmente apavorado.

– A sogra. Ela é uma bruxa. Mesmo! Tu deves ter cuidado com ela. Tu deves cair fora, Haroldinho. Fugir de lá. Ou vai acabar como os outros. Sacrificado. É o que todos os mecânicos da Zona Norte acham que aconteceu com os outros dois caras: foram sacrificados!

Uma sirene zoava na cabeça do Haroldinho. Sacrificados! Sacrificados! Ele tinha de fazer algo. Fugir. Mas e a filha? Tinha de levá-la junto. Sim, ele tinha de fazer algo.

Haroldinho engoliu em seco: sua filha, Renata, ia fazer um ano na próxima semana. Ele tinha que reagir. Traçou um plano de fuga. Só havia um momento em que as quatro, Amelinha, as duas filhas e a sogra medonha, saíam de casa e o deixavam a sós com Renatinha: no dia do jogo de escova promovido pelas mulheres dos jogadores do Huracán, o time lá da vila. O jogo aconteceria justamente na véspera do aniversário de um ano de Renatinha. Haroldinho ia juntar suas coisas, apanhar a filha e se mandar para Roca Sales, onde um irmão dele tinha um pedaço de terra. Não queria mais saber de oficina. Ia criar minhoca. Diziam que dava dinheiro criar minhoca. Quando faltavam sete dias para a fuga, coisas estranhas começaram a acontecer. Acidentes. Um saco de ferramentas, pesadíssimo, caiu inexplicavelmente de uma estante e passou zunindo por sua cabeça, na oficina. Depois, ele quase foi atropelado por um carro preto, uma caminhonete, que, lhe pareceu, poderia até ser um carro fúnebre. No outro dia, estava tomando banho em casa, e o chuveiro estourou como se tivesse sido atacado pela aviação americana, produzindo fogo, faísca e terror. Haroldinho estava nervoso. Não dormia direito. Graças à insônia, certa noite, viu, na soleira da porta do seu quarto, aquele vulto nefasto. Envolta em sombras, os olhos do Mal brilhando, levando algo nas mãos – talvez uma faca! –, lá estava a velha, a sogra, observando-o, à noite. Haroldinho entreabriu as pálpebras e ficou olhando-a, paralisado de horror, enquanto ela o analisava no escuro. Ela ficou ali por uns quinze minutos. Depois riu diabolicamente e se foi.

Mas o dia seguinte seria sábado, o dia do jogo de escova. E da fuga. Da liberdade. Às seis horas da manhã, Haroldinho já estava acordado, ansioso. Mas permaneceu na cama para não despertar suspeitas. Rolou agarrado ao travesseiro durante quatro horas. Às dez horas, não aguentou mais. Levantou. Foi à cozinha. Tomou café preto. Caminhou até a sala. Parou. Olhou para a porta cinza. Fechada, como sempre. Elas estavam lá. As quatro. E mais a sua filha. O que estariam fazendo? O que haveria naquele quarto? Poderia ser algo terrível, algo maligno. Com certeza, algo maligno. Pensando nisso, voltou à cozinha. Começou a fazer o que sempre fazia quando estava sozinho: ovo com linguiça. De repente, ouviu um ruído às suas costas. Virou-se rapidamente. Era ela. A velha. A sogra. Tinha um enorme punhal na mão. E sorria horrendamente. Haroldinho se assustou. Recuou.

– O que foi? – Haroldinho disse, num grito. Ela não respondeu. Apenas rosnou algo – seria "pangaré"? – e se meteu no quarto proibido outra vez. Os nervos de Haroldinho tinham virado mondongo. Trêmulo, empunhou um garfo e comeu o prato de ovo com linguiça. Foi para frente da TV.

Perto do meio-dia, elas saíram do quarto. Amelinha lhe passou a filha Renata e avisou que estavam saindo para o jogo de escova. Era chegada a hora. Com o coração aos pulos e a filha no colo, Haroldinho viu as quatro saírem sem sequer se despedir dele. Bateram a porta. Nervoso, com uma bolota de angústia lhe encaroçando a garganta, deitou Renatinha no sofá, correu para o quarto e colocou suas roupas numa pequena mala preta. Voltou à sala. Acomodou a filha num braço. A mala no outro. Abriu a porta. Colocou o pé direito na rua. Liberdade! Deu uma última olhada na sala e viu a porta cinza. A porta que fechava o quarto misterioso.

Pensou: "Por que não descobrir, finalmente, o que havia ali? Elas iam demorar mesmo..." Voltou para dentro de casa. Fechou a porta da rua. Deixou a mala num canto. A filha no sofá. Caminhou para a porta cinza.

Testou a maçaneta. Não estava trancada. Haroldinho abriu-a lentamente, a respiração presa. Entrou no quarto proibido. E, desde então, nunca mais ninguém teve notícias dele. Nunca mais.

A gordinha da padaria

A vida do Natan mudou numa Sexta-Feira Santa. Foi sim. Numa Sexta-Feira Santa. Natan era o meia-esquerda do Canarinho. Era um galã com a bola e sem ela, de calção e chuteiras ou de brim curinga e mocassim. As ondas de seu cabelo basto eram como um mar loiro encapelado. Estava sempre sorrindo. De lado. Um eterno sorriso lateral, como eterno era seu bronzeado. Na intermediária, Natan matava a bola no peito, deixava-a escorregar até o pé canhoto e então, queixo erguido, olhar de guia sobranceiro, lançava em profundidade. Uma elegância, o Natan. Um fidalgo com a camisa 10.

Fora das quatro linhas do Estádio Alim Pedro, Natan não caminhava; flanava. À sua passagem, ouvia-se uma trilha sonora de suspiros femininos. Desmontava noivados com a naturalidade com que dava janelinhas nos centromédios. Bastava pisar na pista do salão da reunião dançante para dissolver os ossos das meninas. De todas as meninas. A rapaziada escabelava-se de inveja do Natan. Mas reconhecia: o cara é boa-pinta, o cara é boa-pinta. E sempre acerta falta da entrada da área.

Como todas as meninas lá da vila, a gordinha da padaria também se apaixonou pelo Natan. Pobrezinha, olhava para ele e quase morria de amor. Mandava-lhe bilhetinhos, poemas, regalos. O Natan se aproveitava. Comia mil-folhas e sonho-bocha de graça, distribuía acepipes para os amigos. Uma festa. A gordinha da padaria pagava tudo, roubava da padaria para dar ao Natan, e ele nem aí para ela. Pior: caçoava da coitada, humilhava-a. Passeava pelas ruas da vila de braços com as loiras mais faiscantes, com as morenas mais sinuosas. Atrás do balcão da padaria, de avental na cintura e lenço na cabeça, a gordinha enxugava uma lágrima furtiva. O Natan sorria, sádico.

Até que chegou a semana da Páscoa. Na segunda-feira, a gordinha conseguiu se aproximar do Natan e cochichou ao seu ouvido:

– Tens até sexta-feira para ser meu.

Nossa, como o Natan riu. Nunca torturou tanto a gordinha como naquela semana. Parava em frente à padaria com as ruivas mais incandescentes e as beijava com sofreguidão. A turma toda ria, e a gordinha rosnava, entre dentes:

– Até sexta-feira, até sexta-feira.

Então, como era de se esperar, a Sexta-Feira Santa chegou. De manhã cedo, Natan ia saindo de casa, abriu a porta, botou o pé esquerdo, aquele batedor de faltas, aquele do drible irresistível, aquele do lançamento cirúrgico, pois botou esse pé esquerdo no lado de fora e o horizonte sumiu-lhe das vistas. Natan se esboroou no chão. Havia pisado num alentado despacho que estava à porta de sua casa, com galinha preta, cachaça da boa, milho, vela vermelha, tudo, tudo e mais o retrato dele banhado em sangue de bode. Natan se esparramou no despacho e o despacho se esparramou sobre ele.

Dizem que não há despacho tão forte quanto o da Sexta-Feira Santa. Aquele devia ser vitaminado. Naquela mesma tarde havia jogo do Canarinho. Natan não acertou um passe, mandou falta na bandeira do escanteio, pisou na bola e num cocô de cachorro no grande círculo. Saiu de campo aniquilado. Mas o pior estava por vir: à noite, Natan saiu com uma conquista antiga, uma morena de sorriso largo. E falhou. Falhou miseravelmente. A morena fez que entendeu, estava tudo bem, aquilo acontecia. Mas, depois, espalhou para a turma das gurias. No sábado, Natan passou diante da padaria e a gordinha, céus!, a gordinha ria. Um riso malévolo, um riso de vendeta. Natan se arrepiou. À noite, saiu com uma loira de seios bélicos. Falhou de novo. No domingo, dia de jogo do Canarinho: Natan errou um pênalti e marcou dois gols contra.

As desgraças foram se sucedendo todos os dias durante uma, duas, três semanas. Natan caminhava pelas ruas do bairro, cabisbaixo como uma vírgula. Já estava sendo chamado pela turma de "O Murcho". Na padaria, a gordinha ria e ria. Finalmente, num domingo, depois de mais um fracasso no sábado à noite e de ser substituído aos quinze minutos do primeiro tempo, Natan capitulou. Correu chorando até a padaria e, diante de toda a rapaziada, se jogou sobre o balcão, espalhando broas, esmagando quindins. Caiu aos pés da gordinha e implorou, aos soluços: "Me perdoa! Me perdoa! Eu caso contigo! Eu faço o que tu quiser, mas me perdoa!" A gordinha, então, limpou no avental a farinha branca das mãos, agachou-se à altura do rosto transtornado do Natan e disse, baixinho:

– Não.

Os românticos e as práticas

Os homens são românticos; as mulheres, práticas. Aí está. Explicam-se, assim, as notícias de que as mulheres já se tornaram maioria no mercado de trabalho. Verdade. Como verdadeira foi uma certa reportagem da revista Exame, revelando que as mulheres são consideradas melhores administradoras do que os homens. De fato, de fato. Sabem por quê? Exatamente porque os homens são românticos; as mulheres, práticas.

Olhem para os homens. Lá está um, com sua gravata. O cigarro pende molemente do canto da boca. As baforadas são simétricas. O olhar é lateral. Sim, ele se sente um Humphrey Bogart caboclo. Ele é o sucesso. E aquele outro: julga-se inteligente. Sua língua é corrosiva, cada frase uma ironia. Presunçosos, tão somente. Mas as mulheres não se importam. Elas apenas observam, suspiram de benevolência e fazem tsc, tsc.

Já viram uma mulher presunçosa? Orgulhosas, há muitas. Vaidosas, quase todas. Presunçosas, raríssimas. Normalmente, elas são sensatas. Movimentam-se com destreza pelo mundo. O instinto de preservação da espécie as obrigou a isso. Os homens colocavam as zarabatanas nos ombros e saíam urrando pela floresta inóspita para caçar e guerrear. Elas ficavam cuidando dos pequenos trogloditas, alimentando-os, impedindo que se ferissem ao brincar com os tacapes. Varriam a caverna, poliam as estalactites, aparavam as estalagmites. Em resumo, administravam a aldeia. Quando os homens voltavam, contando cheios de orgulho como tinham derrubado aquele pterodáctilo, elas ouviam, balançavam a cabeça em aprovação, comentavam como eles eram sensacionais e, em seguida, perguntavam:

– E quando é que vamos consertar aquela rachadura na parede da caverna mesmo?

Então, a coisa é atávica. Os homens sonham com aventura, realizações, fama, glória, luzes. À mulher, sempre sobrou a realidade. Estão acostumadas com ela portanto.

Explica-se, pois, o comportamento genérico dos casais. Alguém já viu uma mulher com duas famílias, tendo apartamento e filhos com o amante? A mulher pode trair o marido. Pode. Mas ela tem um único lar. Se pretende construir um novo com o amante, destrói o que tem com o marido.

Por quê? Porque ela é prática. A mulher observa o seu homem ali sentado no sofá, alisando a barriga. Olha para os cabelos ralos dele e vê a seborreia invencível, olha para os pés calosos e vê a frieira entre os dedos. E sorri, condescendente. Porque ela sabe que um outro teria bico de papagaio ou hemorroidas ou problemas no ciático.

Os homens, não. Os homens acreditam que viverão uma aventura tórrida em cada bar que irrompem feito caubóis no fim de tarde, acreditam que a loira do quarto andar é realmente, realmente, realmente aquela mulher por quem sempre esperaram, acreditam que vão seduzir uma ninfeta com tatuagem no ombro se aproveitarem que a mulher está na praia e forem ao Baile do Hawaii. Sonhadores é o que os homens são. Românticos.

As mulheres, por serem práticas e não serem presunçosas, dispensam certas glórias fátuas. Preferem influenciar. Ter o poder, e não apenas a aparência de que o têm. E, quando influenciam, ah, elas influenciam.

O homem mais poderoso do mundo provavelmente foi Augusto, o maior de todos os césares. Comandou Roma por mais de quarenta anos, era considerado um deus e, em sua homenagem, batizou-se de agosto o mês que vem depois de julho – que, aliás, homenageia o primeiro César, exatamente, o Júlio. Augusto, porém, não foi um grande conquistador. A obra da sua vida foi consolidar o império e governá-lo com competência. Foi um administrador incomparável.

Mas não sozinho. Havia Lívia, a mulher dele. Que, conta a lenda, era o verdadeiro homem forte do império. Lívia mandava muito, tramava, conspirava, ai de quem a desobedecesse. No final, conseguiu que Augusto nomeasse o sobrinho Tibério seu sucessor direto. Há suspeitas, inclusive, de que Lívia decidiu o momento em que Augusto deveria morrer, ministrando-lhe homeopáticas doses de veneno durante as refeições.

Lívia, a administradora que mandava no maior gênio administrativo do império romano.

As mulheres, enfim, são mais práticas, mais sensatas. Melhores administradoras. A elas está destinado o comando dos lares, das empresas, das cidades e dos países. Elas já têm uma razoável parcela e em breve futuro deterão quase todo o poder.

Aos homens, românticos rasteiros e incuráveis, restarão as atividades próprias de quem trabalha com a criatividade – as artes, a pintura, a literatura, a cozinha, a filosofia, a costura, a música, o teatro, o cinema, o futebol. Atividades que exigem a indispensável sensibilidade masculina.

Que fazer? Conformar-se, apenas. O futuro, inexoravelmente, é delas.

Os príncipes, a culpa e a luxúria

O príncipe Charles, o príncipe Charles. Agora mesmo, em algum castelo úmido da ilha, o príncipe Charles deve estar andando empertigado, que ele anda empertigado, com aquela sainha escocesa de que tanto gosta, as meias três-quartos, o paletó curto. No meio do rosto, o nariz da alegria dos caricaturistas. Um centímetro acima, o olhar baço da nobreza. Dominando o conjunto, um vago ar apatetado, um jeito assim de songamonga, que fez o mundo pensar: pobrezinha da princesa Diana, como deve ter sofrido, como deve ter levado golpes de fastio e indiferença deste palerma fidalgo.

É assim mesmo. Não havia saída. O príncipe seria sempre o vilão, comparado à princesa, não apenas porque o sangue de baixa temperatura que lhe irriga as veias é azul, não apenas por ser príncipe ou porque uma auréola imprecisa de boçalidade lhe cinge a cabeça ainda não coroada. Não. Não e não. O príncipe seria sempre o vilão pelo motivo primacial de que o homem é sempre o culpado.

Sim, o homem sempre é o culpado. Exemplo: se o homem tem um caso, o que ele é? É um sátiro, um bode lúbrico que pinta o cabelo de loiro, que se esparge de essências aromáticas de petúnia e sai pelos becos nefandos da cidade a perseguir ovelhinhas de pureza, a salivar nos decotes das colegiais. É um canalha enfim.

Enquanto isso, enquanto sua gargalhada obscena faz tremer as paredes dos lupanares, onde está ela, aquela santa? Está em casa, sentada diante do jantar que preparou só para ele. Então a coitadinha espera. E suspira. Espia o relógio com propaganda de farmácia pendurado na parede, suspira de novo, toma nas mãozinhas trêmulas a fotografia dele, aquela em que ele posa de lateral esquerdo no time da firma, tão imponente de braços cruzados sobre o peito inflado, e seu olhar se turva de lágrimas ressentidas. Senta outra vez, suspira, e termina dormindo à mesa, em frente ao jantar intocado, o preferido dele, massa com sardinha, refresco de goiaba. É uma vítima, a santa.

Mas, se for ela quem tem um caso, o que ele é? Um parvo, com certeza. Jamais a valorizou, não dá atenção a ela. Quando namoravam, ele a mimoseava com flores, beijinhos, pequenos regalos. Uma vez, comprou-lhe uma caixinha de música que tocava o hino do Vasco. Chamava-a de Chuchulinha. E agora, depois do casamento, mal a olha. Prefere ficar diante da tevê, assistindo ao campeonato japonês, com o dedão se projetando pelo buraco do carpim preto, comendo bolacha d'água com ketchup. O que ela poderia fazer? Ela tem de viver também. É tão moça, tão bonita, já foi até segunda princesa do Clube Comercial. Tanta vida pela frente. Ele foi o culpado. Ah, foi.

Logo, o príncipe não tinha chances. Ele seria sempre o culpado. Ninguém sabe exatamente o que se passava sob os dosséis das camas douradas do Palácio de St. James. Sabe-se somente que o príncipe se manteve fiel a um amor por dez anos. E deve ser amor mesmo, levando-se em conta os predicados físicos da moça aquela do Tampax. E da princesa se sabe, por seus não poucos amantes, que refocilava na luxúria, espadanava na lascívia. De um e outro é o que se sabe. Além, é claro, da obviedade estrepitosa: ele era o culpado. Porque o príncipe pode ser príncipe, mas sobretudo é um homem. E o homem é sempre o culpado.

A loira da sorte

Ele era assim. Vez em quando, acordava ao lado de uma loira desconhecida. Olhava para o corpo nu, quente e sinuoso. Tentava se lembrar do que ocorrera à noite. Não conseguia. Batia no ombro tenro que subia e descia ao ritmo da respiração dela.

– Moça, acorda, moça. Já é tarde, tenho que ir trabalhar.

Loiras. Sempre loiras. Alardeava nunca ter se relacionado com ruivas, castanhas, mulatas, negras, orientais ou morenas, fossem elas claras ou jambo. Nunca. Só loiras. Dizia que elas lhe davam sorte.

Chamava-se Buião. Centroavante do Canarinho, lá do IAPI. Havia quem achasse que as loiras, realmente, lhe davam sorte. Porque não era bom jogador, mas fazia gols. A cada partida, marcava o seu golzinho. Ninguém, na turma, lembrava de um jogo em que o Buião não tivesse feito um gol.

– Graças às loiras – dizia. – Enquanto eu tiver loiras, o meu gol tá garantido.

Na semana da decisão de um torneio, o pessoal do time adversário, o Palomares, estava preocupado. É que, se o jogo terminasse empatado, o título ficaria com o Palomares. Logo, se tornava imperativo impedir que o Buião marcasse o seu golzinho tradicional. Como pará-lo? Foi quando Cardeal, o centromédio, disse ter uma ideia.

De fato, era um centromédio de ideias, o Cardeal. Tinha quatro irmãos, o que acarretava um problema com meias e cuecas. Isso: meias e cuecas. Um pegava as cuecas do outro, uma confusão. Aí, o Cardeal teve uma ideia: cada um vestiria meia e cueca de uma única cor. Um só de azul, outro só de amarelo, e assim por diante. A cor do Cardeal era bordô. Usasse ele qualquer roupa, de qualquer cor, a meia era sempre bordô. Curioso, talvez até pouco elegante. Mas engenhoso. Enfim, o que interessa é o plano do Cardeal, aquele centromédio de ideias.

Foi o seguinte: arrumariam uma morena irresistível e a apresentariam ao Buião. Como a morena era irresistível, ele, obviamente, não resistiria. Estaria, assim, quebrado o encanto das loiras. Não que o pessoal do Palomares acreditasse naquela balela da loira da sorte, não. Mas o fato de se relacionar com uma morena pela primeira vez certamente trincaria a autoconfiança do Buião. Assim, abalado, ele não marcaria o seu golzinho infalível.

O Maneca, zagueirão, conhecia uma morena irresistível. Cabeleira negra e densa. Corpo voluptuoso, enrijecido pela rotina em academias de ginástica. Voz macia. Seios de bateria antiaérea. A cor de melado sempre em dia, mesmo no inverno. Curvas mais perigosas do que as do circuito de Ímola. Vocês sabem: há morenas e morenas. Aquela era irresistível.

Deram um jeito de apresentá-la ao Buião, que, bem, não resistiu. Da noite de sexta-feira à manhã de domingo, passou com a morena, trancado em casa.

Só apareceu no Estádio do Alim Pedro na horinha do jogo. Entrou no vestiário com um sorriso estranho no rosto. Um meio sorriso, mais com os olhos do que com os lábios. Era uma Mona Lisa de chuteiras. No Canarinho, preocupação. Buião não falava com ninguém, não respondia a perguntas, apenas sorria daquele jeito alienado. No Palomares, congratulações – o plano funcionara.

Buião entrou em campo mudo e abestalhado, sorrindo debilmente. Na saída de jogo, deu o primeiro toque na bola.

Oito gols. Naquele dia, o Buião marcou oito gols.

O TRISTE FIM DO PUXADOR RIVELINO

Era um puxador de duas camadas, o Rivelino. Em cima, azul-clarinho, pouca coisa mais escura que o celeste. Embaixo, branquinho, meio encardido das peleias tantas. Nem grande, nem pequeno, o Rivelino. Jogava na meia-esquerda, claro, ali bem ao lado do grande círculo, fosse no Estrelão, fosse em campo de tábua, fosse em piso de parquê. Numerozinho 10 colado no tampo. O craque daquele timaço de botão. O engraçado é que, de alguma forma, parecia ter adquirido a personalidade do Rivelino jogador, o Garoto do Parque, o Patada Atômica. Botão não tem perna, isso é certo, mas, depois que se avisava "a gol", dava para jurar que ele havia batido com a canhota. E forte, um torpedo de revesgueio, que às vezes derrubava o goleiro de caixinha de fósforos. Cracaço, o Rivelino. Cracaço.

Uma vez, numa decisão contra o time do Diana, o Rivelino fez o que nenhum botão jamais fez em tempo algum. O Diana jogava bem, havia chegado à final goleando todos os adversários. Tinha esse apelido por causa da cachorrinha dele, a Diana. Ele conversava com a Diana, passeava com a Diana, a Diana era a melhor amiga dele. Acabou virando ele, o Diana.

Gremistão, o Diana. Num Gre-Nal do começo dos anos 70, apostou lá com um colorado que o Grêmio derrotaria aquele time do Inter de Carpegianni, Valdomiro e Claudiomiro. Cairia de quatro e comeria grama, se o Inter ganhasse, prometeu.

Comeu grama.

Cercado por toda a turma, ajoelhou-se sobre a grama alta da ponta-esquerda do Alim Pedro, no IAPI. Sabe-se lá por que aquela grama, talvez lhe parecesse mais apetitosa ou mais fresca. Colheu um chumaço com a mão direita, levou-o diante dos olhos, hesitante, e ficou fitando-o. Ficou assim por alguns instantes, enquanto a turma gritava "come, come, come", mesmo os gremistas gritavam "come, come, come". Diana vacilou mais um pouco, respirou fundo e então levou o maço de capim à boca. Empurrou-o entre os dentes. Mastigou resignadamente, babou um pouco um líquido verde-claro e engoliu com alguma relutância, sob os aplausos da gurizada. Mais tarde, contou que a grama lhe fizera mal ao estômago, mas o pessoal duvidou, pois todo mundo não sabe que capim é até digestivo?

Mesmo sendo gremista a ponto de arriscar sua integridade estomacal, o Diana preferiu batizar seu time de botão de Botafogo. Era o Botafogo do Marinho Chagas, o lateral loiro que levou um soco do Leão; do Caju, o meia que levou um soco do Renato Portaluppi; e do Jairzinho, que, ao que se saiba, não levou soco de ninguém, era o Furacão da Copa de 70. Foi contra esse time que o Rivelino fez o que fez, aquilo que nenhum outro fez.

Era o finalzinho da decisão, 3 a 3, e o empate dava o título para o time do Diana. Restava pouco tempo de jogo e quase nada a fazer. Então a bolinha parou na lateral, quase fora de campo, na divisória, pelo lado direito. A gol. O Rivelino ia chutar. A derradeira esperança. O lado mais gasto da ficha na borda do botão, meio inclinada para frente, fazendo cálculo para pegar na bolinha quase de raspão. Dedo polegar firme. Indicador fazendo pressão. Respiração presa.

E bam!

Um tiro de bazuca. Uma bala de canhão. Um chute que só podia ser do Rivelino. A bolinha foi que foi rasgando o ar, zunindo e fazendo vento. Até explodir no travessão. Enquanto isso, o Rivelino vinha deslizando rumo à linha de fundo, zzzum, uma flecha, um risco só. A bolinha vinha de lá, ele de cá, e ali pela meia-lua da área se encontraram. Ela bateu na segunda camada, aquela azul-clarinha, era como se o Rivelino a tivesse cabeceado. E voltou para o gol, alta, um tanto forte ainda. Bateu na parte de cima do goleiro de caixinha de fósforos Paraná, como se ele a espalmasse, voltou para o meio da área, na marca do pênalti, e quem estava lá? Quem? Quem?

Rivelino.

Ele vinha parando, devagarinho, e bateu na bola. Foi uma colocadinha, coisa linda mesmo, de catega, no canto, lambendo a trave. Gol. O gol do título. O Diana quase morreu. Pena que não tenha apostado outro almoço de grama.

Pois é, o Rivelino. Em 1977, o Roberto Rivelino de verdade, não o de botão, mas o bigodudo que tinha sido do Corinthians e já então jogava no Fluminense, esse Rivelino foi jogar uma noite pela Seleção contra o Uruguai e, no fim do jogo, correu da briga. Correu. Ramires, lateral direito do Uruguai, ficou irritado com as provocações de Rivelino durante a partida e saiu atrás dele. Era um negro forte, o Ramires, e estava brabo. Desandou em perseguição ao Rivelino com os dentes cerrados, via-se que estava com raiva, queria sair no soco mesmo. E o Rivelino, o Riva, o Garoto do Parque, o Patada Atômica, correu. Correu da briga. Saiu na tal desabalada carreira, vez em quando olhando para trás, sobre o ombro, para ver se o Ramires não o alcançava, e desapareceu no túnel que levava ao vestiário, enquanto os outros, Beto Fuscão, Flexa, se engalfinhavam a socos e pontapés com os uruguaios. Talvez tenha sido sensato. Talvez. Mas correr da briga não dava moral lá no IAPI. Gurizada, sabe como é. A partir daquele dia, o Rivelino de botão, duas camadas, a de cima azul-clarinha, a debaixo branca meio encardida, a partir daquele dia, o Rivelino perdeu um tanto do seu carisma. Não dava mais graça jogar com ele. Acabou na reserva e, enfim, relegado à caixa de sapatos, que era o ônibus da delegação.

Gurizada é assim mesmo, leva os ídolos a sério. Hoje mesmo, alguns jogadores da dupla Gre-Nal devem estar sendo levados a sério, devem estar sendo observados e talvez até imitados pelos guris das vilas de Porto Alegre. Muitos quem sabe até não são craques de algum time de botão, quem sabe até não são belos puxadores de duas ou três cores. Quem sabe? Eles, pelo menos, se soubessem, talvez pensassem mais no que fazem, talvez tentassem, mais e mais, fazer melhor, para um dia não acabarem no fundo de uma caixa de sapatos que faz as vezes de ônibus da delegação de um time de botão.

A MULHER DO CENTROAVANTE I

O Eduzão não era um centroavante muito técnico, não era velocista, tampouco driblador. Mas era forte. O mais forte do Huracán, lá do IAPI. Tinha um soco de cofre desabando do oitavo andar. Uma vez, durante um jogo, um grandão da Vila Santa Rosa inventou de se meter com ele. Acertou-lhe uma cusparada na cara. O Eduzão aguentava tudo: soco, pontapé, tostão, entrada de sola e carrinho por trás. Tudo. Menos cuspida na cara.

Pois a cusparada ficou queimando o rosto do Eduzão, branca, espumante. Silêncio no campo. Silêncio de ouvir o som da grama se enroscando nas travas das chuteiras. Foi em silêncio que o Eduzão saltou sobre o grandão, derrubou-o, montou em cima dele e o esmurrou uma, duas, várias vezes, até que o rosto do outro se transformou num risoto. Ninguém ousou apartar. Também, foi rápido. Cinco minutos. Talvez menos. Então o Eduzão levantou, botou a bola sob o braço e perguntou:

– É tiro de meta ou escanteio?

Mas o que a turma mais respeitava no Eduzão nem era o soco ou o chute. Era o nhaque. Ele tinha uma joga preta, maciça, que era o pavor no gude e no boco. Uma visão medonha aquela joga reluzindo ameaçadora na mão direita do Eduzão, entre o indicador e o polegar, ele com um sorriso maligno no canto da boca, fazendo pontaria na coitada da bolinha do adversário, uma bolinha linda linda, coloridinha, um arco-íris, coisa fina mesmo, que em segundos viraria caco, vítima daquela joga dura de pedra, daquele nhaque de aço.

Em campo, no meio da área, o Eduzão era ainda mais perigoso. Podiam bater nele, podiam trombar com ele, dar-lhe ombraços, o que fosse. Não adiantava. O Eduzão continuava lá, firme como os seios da Mulata Globeleza. E o chute, então. Quando a bola saía da chuteira do Edu, já saía incandescente, pronta para queimar luvas de goleiro, rasgar redes. Os gols do Eduzão eram sempre assim, violentamente implacáveis. Muitos gols, aliás. Ele era o artilheiro do Huracán e do campeonato. Tudo ia bem, pois. Até que ela apareceu.

De onde veio ninguém sabe. O certo é que, de um jogo para outro, lá estava ela, parada atrás da cerca de tela, olhando o jogo. O jogo, não: o Eduzão. Olhava para o Eduzão e o Eduzão olhava para ela. Que bola, que nada, o Edu só queria olhar para ela. O jogo passava, a bola passava, e o Eduzão distraidão, olhando para ela. Começou a perder gols. E o Huracán começou a perder jogos. Foi caindo na tabela. Segundo, terceiro, quarto. A desgraça galopando pelo gramado e o Eduzão nem aí. Via a moça atrás da tela e sorria. O time tomando uma sova em campo e ele sorrindo. Só queria saber dela. O resto do time não aguentava mais. Falavam com o Eduzão, pediam que ele se concentrasse no jogo. Nada. O Eduzão queria era olhar para ela.

O Huracán já estava em penúltimo, uma vergonha, e, num jogo que poderia levá-lo ao opróbrio da lanterninha em caso de derrota, surgiu um pênalti. O Eduzão se apresentou para a cobrança. Ninguém queria que batesse, mas ele estava decidido. Talvez quisesse impressionar a moça... beira do campo. Além disso, quem teria coragem de dizer não ao Eduzão? Ele apanhou a bola e colocou-a na cal. Recuou doze passos, como sempre recuava. Correu bufando para a bola, era uma locomotiva. Sempre chutava com violência, alto, indefensável. Pois, quando chegou à bola, tentou colocar. Bateu de chapa, lado do pé. Ela saiu fraca, torta feito uma galinha esganada. O goleiro, antes de defendê-la, chegou a rir. Riu do Eduzão. Ele ficou na marca da cal, lívido, olhando ora para a bola, ora para o alambrado. Então viu. Viu que ela balançava a cabeça e ria. Gargalhava. Gargalhando, girou nos calcanhares e foi embora. Nunca mais voltou. O Eduzão ainda jogou mais umas duas ou três partidas só devido ao restinho de respeito que o pessoal tinha por ele. Depois, foi para a reserva, até que, afinal, acabou. Acabou. Aquela mulher acabou com o centroavante Eduzão.

MULHERES E MISTÉRIOS

Bem que havia notado algo estranho quando embarquei naquele táxi. Acomodei-me no banco, dei bom-dia e o motorista sequer se virou. Permaneceu com as mãos na direção, pensativo, o olhar atarraxado em algum inseto esmagado no para-brisa ou, quem sabe, no porvir. Sem se mover, teso, proferiu a frase, como uma sentença:

– É uma calda de chocolate quente.

Sou um assíduo usuário de táxis, já deparei com os mais sortidos tipos de motoristas. Mas, posso assegurar, dificilmente você entra no carro e o taxista lhe diz assim, de inopino, sem que o taxímetro tenha sido acionado, sem que você tenha sequer lhe comunicado o destino da corrida:

– É uma calda de chocolate quente.

Logo, minha surpresa era justificada. Raciocinei rapidamente, pensei, cogitei, até articular a seguinte resposta:

– Hein?

Ao que o motorista virou a cabeça lentamente, olhou-me nos olhos e completou:

– A ejaculação feminina.

Por precaução, prevendo a necessidade de uma retirada rápida, não afivelei o cinto de segurança. Comentei, apenas:

– Ah.

E balancei a cabeça, em aprovação. Ele apontou com o queixo para o painel.

– Estão dizendo que ela pode ejacular. E que é como uma calda de chocolate quente – disse.

Aí, o horizonte se descortinou diante de mim, límpido como os olhos da Patrícia Pillar. No painel havia um rádio embutido e do rádio saía uma voz severa de locutor que discorria, exatamente, sobre a ejaculação feminina. Lembrei de um texto publicado pelo *Jornal do Brasil* sobre o mesmo assunto. Talvez fosse isso que o locutor estivesse lendo. O táxi arrancou. Estávamos a caminho. O que não impediu o motorista de prosseguir sua digressão. Contou que uma mulher pode ejacular de algumas poucas gotas até duzentos mililitros, quase uma garrafa de Pepsi média, volume, realmente, considerável.

– Já pensou? – perguntava o taxista, enquanto descia a Plínio Brasil Milano. – Já pensou? Basta encontrar o ponto G! Ah, como eu queria encontrar o ponto G...

Lá pela altura da igreja Auxiliadora, o motorista confessou que nunca testemunhara uma ejaculação feminina.

– Nunca! – enfatizou. – No máximo, um orgasmo, mas não dá para se ter certeza, o senhor sabe.

Concordei com a cabeça. Sim, eu sabia.

– Claro – continuou –, a gente pode tentar o estímulo clitoriano, nada como um bom estímulo clitoriano. Mas encontrar o clitóris também não é uma tarefa fácil e, depois, ninguém sabe exatamente se se deve ir devagar ou depressa, não é?

Não, não, balancei a cabeça, não havia como saber, de fato.

Veio-me à lembrança o senador Pinheiro Machado. Em meio a uma manifestação de contrários na República Velha, ordenou ao motorista da sua limusine:

– Vamos embora, mas não tão depressa que pareça covardia nem tão devagar que pareça provocação.

Era a sabedoria intuída pelo taxista: nem tão devagar, nem tão depressa. O caminho do meio, como ensinava Buda. A firmeza aliada à candura, diria Che Guevara. Sim, sim.

Pobre motorista. Que homem atormentado. Na Avenida Goethe, ele contava ter lido que todo o tecido epidérmico da mulher é uma grande zona erógena.

– Todinho! – bradava. – Até as sobrancelhas. Até os cotovelos!

Na Ipiranga, discorreu a respeito da classificação do ato sexual, segundo ele subdividido em três etapas: preliminares, penetração e pós-coito.

– E o mais impressionante – acrescentou: – Para as mulheres, o menos importante é a penetração. Ah, Deus, como seria maravilhoso se a penetração fosse importante!

Enfim, cheguei ao jornal. Paguei e, ao receber o troco, recebi também um conselho:

– O senhor precisa ler aquela revista *Nova*. Conta cada coisa.

Pobre homem, pobre homem. Acabou de descobrir quão escuras e tortuosas são as esquinas do prazer feminino. Mas não é só ele. Vejam como é vasta a literatura a respeito. Psicanalistas, psiquiatras, psicoterapeutas, antropólogos, sociólogos, sexólogos, especialistas, enfim, ensinam diariamente quais os botões certos a pressionar, advertem que a mulher não é bem assim como estamos pensando, não, que é muito mais complicada, muito mais difícil, muito mais sutil do que o homem jamais intuiu. É um jogo de xadrez: um movimento em falso pode significar a derrocada irreversível, um instante de desconcentração pode acabar no esmorecimento, e o esmorecimento, você sabe, é o pior que pode lhe acontecer, porque recuperar a postura talvez seja bem mais, muito mais custoso do que pensa.

Um homem do desfecho do século tem graves responsabilidades. Não adianta só construir o momento do ato e ter à disposição os instrumentos para levá-lo a cabo. Não. É como o centroavante ao receber a bola na pequena área: o indispensável é saber o que fazer com ela. Aquele taxista sofredor compreende o que todos, um dia, terão de compreender: tarefas sérias, tarefas árduas aguardam o torturado homem no limiar do terceiro milênio.

Era tudo bagaceirada

Não tinha mãe naquela turma. Era tudo bagaceirada, era tudo jogo duro. O Zé Índio. Só jogava, só andava com os pés descalços. Verão, a laje da calçada fervendo, quem estava sem chinelos caminhava aos pulos, ai, ui, ai, e o Zé Índio nem aí, assobiando, mão no bolso, se o calção do Zé Índio tivesse bolso. Seus pés eram cascos; a pele, uma crosta; as unhas, navalhas.

Mas, e o Fenemê, então. Um caminhão na lateral-esquerda. Atropelava ponteiros sem clemência, o Fenemê. E o Marreta. E o Marreta. Cruzes, o Marreta era o pior de todos. Ninguém ganhava dele na briga. Uma vez, quatro caras o provocaram num bar ali no Viaduto Obirici. Chamaram a irmã dele, a Tânia Mara, uma loirinha pequeninha, só que certinha, cheinha onde tinha de ser, fininha onde tinha de ser, tudo em cima, a Tânia Mara, e bem que era aprontadeira, ah, era mesmo aprontadeira, mas para o Marreta era uma santa, e ai de quem falasse da Tânia Mara, o Marreta embrabecia, embrabecia, e aí o Hulk, perto dele, era o Batatinha. Pois os caras lá no bar chamaram a Tânia Mara de alguma coisa pouco airosa, sabe-se lá o que foi. O Marreta levantou, arrastou-se melancolicamente até a mesa deles e mandou, voz pastosa:

– Desdiz.

Os caras riram.

– Como é que é? – perguntaram por deboche. E ele, na maior pachorra:

– Desdiz.

Os caras continuaram rindo. O Marreta ficou vermelho.

– Não vão desdizer?

Não desdisseram. O Marreta quebrou as caras dos quatro caras e o bar todinho.

Eram esses e outros mais, outros também jogo duro, também tudo bagaceirada, todos estavam juntos no boteco, esfregando as mãos de contentamento em frente à televisão, esperando a hora do começo do jogo Brasil x Itália, na Copa de 1982. Estava frio, o pessoal tomava quentão. O Fenemê ia na canha. Sentava o martelinho no queixo e mandava ver, um atrás do outro. Todo mundo contentão, comendo aipim frito.

Até que começou o jogo. Que coisa, aquele jogo, que nhanha. De repente, os artistas brasileiros ficaram pesados, o campo parecia lodoso, um pântano. Era a Itália que fazia aquele feitiço. Foi dando uma angústia, uma angústia, uma angústia que não sumiu nem nas duas vezes que Sócrates e Falcão empataram a partida. No fim, o Brasil tentando e tentando e não adiantava, e se sabia que não ia adiantar, que era assim mesmo que ia terminar, e foi assim que terminou.

Então, a cena. Impensável, a cena. Mas aconteceu. Fenemê, Zé Índio e Marreta, os três tinham se dado as mãos no final do jogo, uma tentativa de corrente pra frente para ver se o Brasil empatava enfim. O jogo terminara e eles estavam ali, de mãos dadas, pasmados, de pé, três pares de olhos fixos na luz azul da tevê. E, nos três pares de olhos, o brilho de cristal das lágrimas. Os três choravam de mãos dadas, e de mãos dadas se quedaram chorando por sabe-se lá quanto tempo, pareceu o dia todo. Eram como três bandeirantes órfãs perdidas na floresta inóspita, se protegendo mutuamente. A candura atingira aqueles três corações empedernidos. Só mesmo o futebol. Só mesmo uma Copa do Mundo.

Eu não sou o Eusébio

O que me levou a pensar sobre a teimosia das pessoas em geral e a teimosia dos técnicos em particular foi aquele telefonema de quarta-feira de manhã. Aconteceu assim: eu estava lendo o finalzinho de *O sol também se levanta*, de Hemingway. É uma falha não ter lido antes, sei, mas essa é só uma de minhas muitas falhas. Já me sentia meio embriagado de tanto que os personagens bebem cerveja, vinho, licor, tudo, quando tocou a campainha do telefone. Atendi. Era uma ligação a cobrar. Esperei o final da gravação. Disse alô e uma voz masculina respondeu, perguntando:

– Eusébio?

– Não – disse eu. – Aqui não mora nenhum Eusébio.

– Ah, tá bom.

Desligou. Voltei ao livro. Um minuto depois, nova ligação. Também a cobrar. Já atendi meio irritado.

– Alô.

– Eusébio?

– Já disse que aqui não mora nenhum Eusébio.

– Ah, é? – o sujeito parecia duvidar. – E qual é o número aí?

Disse o número. E ele:

– Pois esse é o número do Eusébio.

– Talvez fosse – respondi, agora definitivamente irritado. – Mas agora não é mais. – E desliguei.

Juro, não se passaram dois minutos e o telefone tocou outra vez. A cobrar, claro. Só que eu desliguei imediatamente. Respirei fundo, retornei ao livro. Não havia virado a página e o telefone tocou. Atendi rosnando. Não era a cobrar.

– Alô.

– Eusébio. Eu sei que é tu, Eusébio.

– Meu amigo – eu estava muito irritado. – Já disse que aqui não mora nenhum Eusébio.

– Para com isso, Eusébio. Eu sei que é tu, Eusébio.

– O senhor está enganado – eu estava muitíssimo irritado. – Eu não sou o Eusébio. Eu não conheço nenhum Eusébio. O único Eusébio de que ouvi falar foi o da seleção portuguesa de 66. Bom dia.

Desliguei. Não tinha reaberto o livro e, claro, tocou o telefone.

– Alô! – berrei.

– Que é isso, Eusébio? Por que tu não diz que é tu aí, Eusébio?

– Porque eu não sou o Eusébio, já disse! Por favor, não liga mais pra cá! Bom dia! – desliguei. Desisti do livro. Levantei furioso, ia botar um CD para me acalmar e soou a campainha do telefone. Não disse alô nem nada. Fiquei escutando. E o sujeito:

– Eusébio. Qual é a tua, Eusébio?

Bati o fone sem falar nada. Não me mexi. Fiquei ao lado do aparelho, esperando. Segundos depois, a campainha. Eu estava vermelho, fulo. Apanhei o fone com raiva e berrei com toda a força:

– Eu não sou o Eusébio, entendeu, idiota?! Eu não sou o Eusébio! Eu não sou o Eusébio! Eu não sou o Eusébio!!!

Do outro lado, a voz feminina, chocada:

– Que aconteceu, David? Aqui é a Cris...

Desculpei-me com a Cris, saí de casa o mais rápido que pude, pensando: "Jesus, como é teimoso o amigo do Eusébio!" Depois, pensei em todas as pessoas teimosas que conheço e concluí que são muitas. Talvez até as pessoas teimosas sejam maioria. É difícil convencê-las do que quer que seja. Então, por que os técnicos também não seriam teimosos? E são, não são? Vencem pela insistência. Pela teimosia. Se um deles me ligasse, eu atenderia me antecipando:

– Alô, aqui quem fala é o Eusébio.

Lá no IAPI, sim,
é que foi guerra

Vou contar uma história de violência e medo. É. Violência e medo. E as vítimas fomos nós, do nosso time de futsal lá do IAPI. Foi uma guerra contra um setor da igreja, ainda por cima. Isso mesmo: contra um setor da santa Igreja Católica.

Tudo aconteceu por causa da Alice. Ela era a menina mais cobiçada do bairro, a Alice. Todos queriam namorá-la. Mas sabe quem namorava? Sabe quem? O degas aqui. Um dia, porém, nos desentendemos e rompemos. Eu ainda gostava dela, tinha certeza de que ela ainda gostava de mim. Mas rompemos. Aquela coisa de orgulho e tal. Mesmo assim, eu sentia que voltaríamos a namorar, que o rompimento era passageiro. Até que ela me deu uma punhalada pelas costas: começou a namorar o cara do CLJ.

CLJ era uma associação de jovens da igreja, acho que existe ainda. Pois a Alice começou a frequentar o CLJ, ir nos encontros em que eles tocavam violão, cantavam "Eu tenho tanto/Pra te falar/Mas com palavras/Não sei dizer", e lá estava o cara esse. Pois o cara tanto deu em cima da Alice que ela cedeu, a pérfida traidora.

Uma rivalidade surda se instaurou entre mim e o cara do CLJ. Conversávamos. Mas de dentes rilhados.

Sorríamos um para o outro. Mas amarelo. Aí um dia, numa conversa pretensamente cordial, marcamos um jogo – o meu time contra o dele. Oficialmente, não era para ser nenhum tira-teima. Oficiosamente, claro que era.

O goleiro do meu time era o Diana. Gremistão. Aquele que, já contei, apostou que, se o Grêmio perdesse um Gre-Nal dos anos 70, comeria grama – comeu. Na frente, havia o baixinho Ulisses. Jurava ter 1 metro e 60. Cascata. Devia ser 1 metro e 55, e olhe lá. Tinha umas manias estranhas, o Ulisses. De vez em quando, aparecia com uns adereços exóticos. Um chapéu de caubói e um enorme par de óculos espelhados que não tirava nem à noite. Uma vez encrespou os cabelos. A gota d'água foi um colar de conchinhas. Era demais. Não podíamos permitir que o nosso frente usasse colar de conchas. Acabamos com aquela frescura na hora.

Quem mais se revoltou com o colar foi o Amilton Cavalo, o ala-esquerda. Pudera, Amilton era do Alegrete, gauderião, só faltava jogar pilchado. Dava um drible muito engraçado, uma acrobacia. Subia na bola, girava o corpo sobre ela, contornava o adversário e saía pelo lado. A gente chamava de drible alegretense. Só vi o Jésun, aquele ponta-esquerda do Grêmio, fazer algo parecido. Mas parecido, não igual.

Finalmente, na ala direita corria o Jorge Barnabé. Corria mesmo. O homem era uma bala, de ligeiro. Magricela, gozador, tinha o hábito de atrair confusão. Sempre havia alguém querendo brigar com o Jorge, mesmo que ele nunca quisesse brigar com ninguém. Naquele jogo, não foi diferente.

O nosso time era muito melhor do que o da igreja. Começamos a partida tocando a bola, cadenciando o jogo. Na catega, gritávamos um para o outro. Na catega. A Alice e duas amigas dela, a Josie e a Lisi, estavam na torcida. Eu me exibia. Tocava de trivela. Matava no peito. O meu rival era o goleiro deles. Na catega, na catega, 1 a 0 para nós, gol do Ulisses. Mais uns minutinhos, o Jorge voou pela direita, centrou rasteiro e o Cavalo mandou um canhotaço. O cara do CLJ nem viu onde ela entrou. Em seguida, peguei a bola no meio, fiz que ia para lá, para cá, para lá de novo, me enfiei entre dois igrejeiros e, na saída do cara do CLJ do gol, encostei para o Ulisses: 3 a 0. As gurias, mudas na lateral. Beleza.

Foi então que o pessoal da igreja começou a chegar. Vinham aos magotes, em cardumes, alguém os chamara. Cercaram a quadra de cimento e areia da Amovi, a associação de moradores da vila. Eram da igreja, sim, mas de comportamento nada cristão. Quando a gente ia cobrar lateral, eles, atrás, rosnavam:

– Vocês vão apanhar! Vamos quebrar a cara de vocês!

Em pouco tempo, havia uns quarenta sujeitos do CLJ nos pressionando, armados de sarrafos, pedaços de pau, pedras, barras de ferro. A intimidação surtiu efeito. Levamos um gol, dois, três. Eles iam virar o jogo. O cara do CLJ se entusiasmou e decidiu sair do gol. Foi para a linha. Decerto queria fazer o gol da vitória deles. Aí nos tomamos de galhardia. Que era aquilo? Não íamos perder para aqueles pernas de pau cantadores de hinos.

Faltava um pouquinho para terminar, a sirene da cancha já ia apitar, e a bola pererecou no meio da quadra, o cara do CLJ veio que era um ônibus da Sopal lotado, mas eu cheguei antes, firmei o corpo no pé esquerdo e, com o bico do direito, levantei a bola. Ela subiu, macia, fez uma elipse, roçou no cabelo do cara do CLJ e, quando ele tentou travar, eu já estava do outro lado, completando o balãozinho, cheio de pose, rindo por dentro. Na sequência, vi o Jorge correr da lateral para o meio. Meti. Ele apanhou dentro da área. Puxou para fora, que na época não valia gol dentro, e encobriu o goleiro: 4 a 3. Na comemoração, o Jorge, na maior faceirice, buscou a bola no fundo da rede e deu um chutão para cima. Só que na queda a bola acertou o coco do cara do CLJ. Para quê! Os igrejeiros invadiram a quadra, vieram para cima de nós. Nisso, a sirene tocou. O jogo acabara. Havíamos vencido, mas íamos apanhar, ah, íamos. As gurias começaram a gritar deixem eles, deixem eles! Os igrejeiros hesitaram. O que nos deu tempo para sair de fininho.

– Não vamos correr, senão eles vêm! – dizíamos uns para os outros, enquanto caminhávamos lado a lado, os cinco juntinhos de uniforme azul-escuro. Mas a vontade de correr era grande. Os igrejeiros saíram atrás, caminhando ainda, gritando, jogando pedras. Elas explodiam ao nosso lado, atrás, na frente. Nós, apavorados, caminhando pelas ruazinhas da vila. De repente, o que aparece lá adiante, à nossa frente? A sétima cavalaria! Eram o Fio, o Zé Índio e o Ricardinho, três camaradas respeitados lá do IAPI, bons de briga, metidos a valentes, e nossos amigos. A salvação! Os igrejeiros não iriam enfrentar aqueles três. Caminhamos em direção a eles sorrindo, aliviados. Sentimos que, atrás de nós, os declamadores de salmos vacilaram, diminuíram o passo, cessaram com os gritos e as pedradas. Abrimos os braços para cumprimentar o Zé, o Ricardinho e o Fio. Então, notamos que eles estavam de cara feia, nos olhando atravessado. Pararam diante de nós, nos encararam e perguntaram, irritados:

– Vocês é que andam espalhando que a gente é maconheiro?

Aquilo é que foi guerra. Sim, sim, aquilo é que foi guerra. Ah: logo depois, eu e a Alice voltamos a namorar.

A MULHER DO GERENTE

Péricles estava fazendo serão. Devia ser umas dez da noite. O telefone tocou. Estranho, o telefone nunca tocava àquela hora. Péricles olhou para o aparelho. Levantou o fone. Levou-o à orelha.

– Alô?

Então ouviu aquilo. Jesusmariajosé! Nunca tinha ouvido nada parecido na sua vida. Nem nos jogos de futebol da vila. Nem nos bordéis que frequentara na adolescência. Nunca, jamais ouvira cabedal tão vasto, sortido, rascante e caudaloso de obscenidades. E era uma mulher! Que sabia o nome dele, pois havia perguntado:

– O Péricles estaaá? – assim, com três as. E agora dizia o que queria fazer com certas partes do corpo dele e o que queria que ele fizesse com determinadas partes do corpo dela. Coisas, coisas, coisas gosmentas! Cristo! Logo com Péricles, que, está certo, não era nenhum sacristão, já aprontara das suas, mas agora não, agora estava mudado, fazia um ano que só queria saber da mulher dele, fazia um ano que decidira tornar-se um homem responsável, bem-casado, sério, honesto e, sobretudo, fiel. E estava conseguindo. Mais um pouco, tinha certeza, e iria reconquistar a confiança quebradiça de sua mulher Mariana. Por isso, Péricles não estava interessado em novas aventuras sexuais, por mais selvagens, enlouquecedoras e melequentas que fossem.

Mesmo assim, não conseguia desligar o telefone. Ouvia embasbacado a voz rouca que lhe sugeria posições de ginasta romeno, locais clandestinos de fornicação, que lhe falava de orifícios dilacerados, seivas escorrentes, fluidos esguichados. Mais: Péricles começava a reconhecer aquela voz. Era sussurrada, sim, baixa, sim, mas conhecida.

Enquanto ela falava e gemia e uivava e rosnava, Péricles foi identificando-a. Quem era mesmo? Quem era mesmo? Até que reconheceu. E quase gritou, ante a revelação. Dona Belinha! Isso: Dona Belinha, a mulher do gerente! Péricles quase desligou o telefone. Dona Belinha, cruz credo, como ele podia ficar ouvindo aquelas coisas da Dona Belinha? Era mesmo um safado! Imagina se o gerente, o Doutor Araújo, descobrisse. Além do mais, o gerente era mais do que o gerente – era o seu técnico. É. O técnico do time de Péricles na firma. E Péricles, só Péricles, sabia o quanto trabalhava para conquistar a confiança do Doutor Araújo. Com muita raça, treinamento com bola, abdominais e horas extras ele se transformara em forte candidato ao cargo de subchefe de setor e à posição de quarto-zagueiro titular. Ansiava por conquistar a admiração do Doutor Araújo, tanto quanto almejava voltar aos bons tempos com sua mulher Mariana. Mas o Doutor Araújo ainda o encarava com reticências. Até porque era um momento importante: o time da firma ia disputar a semifinal do campeonato interno. Precisava, portanto, de todo o respeito do Doutor Araújo. Como, então, ele tinha a desfaçatez de ficar ouvindo aquelas sem-vergonhices da

Dona Belinha? Péricles começava a se sentir mal com aquilo. Começava a se sentir culpado.

Foi quando uma fagulha de raciocínio trespassou seu cérebro azoinado – ora, era ela quem estava ligando! Ela que era a degenerada! Esse pensamento o tranquilizou um pouco. Ficou ouvindo as libertinagens e pensando: Dona Belinha, quem diria.

De repente, uma outra voz emergiu do fundo da ligação. Era alguém que chegava ao recinto de onde Dona Belinha falava. Um homem. O Doutor Araújo! Sim, era a inconfundível, sisuda, ordeira e grave voz do Doutor Araújo, a mesma voz que lhe recomendava todos os domingos:

– Bola pro mato, seu Péricles! Não pipoque, seu Péricles!

Ou, às segundas:

– Vamos controlar as ligações telefônicas, seu Péricles, precisamos enxugar despesas, seu Péricles.

O Doutor Araújo era assim, chamava todo mundo de senhor, de "seu". Era como o velho Foguinho. Grande homem, o Doutor Araújo. E, agora, o Doutor Araújo chegava perto do telefone em que Dona Belinha proferia todas aquelas imundícies. Péricles estremeceu. Será que o Doutor Araújo pegaria o telefone? Falaria com ele, Péricles?

Mas aí, súbito, ela desligou.

Péricles não conseguiu mais trabalhar. Foi para casa. Não conseguiu dormir também. Ficou apenas pensando na Dona Belinha, nas coisas que ela dissera. Por que fizera aquilo? Será que ela tinha algum interesse nele? Se tivesse. Puxa vida, Dona Belinha era uma linda mulher. Realmente, uma linda mulher. Seu sorriso cândido, seus cabelos esvoaçantes, seus seios pétreos e, principalmente, suas pernas. Dona Belinha usava cada minissaia! Quando ia à firma, e isso acontecia quase todos os dias, os funcionários se perturbavam, não trabalhavam direito, ficavam só olhando de soslaio para as pernas compridas e torneadas de Dona Belinha.

Dona Belinha, Dona Belinha. Que pernas! O pensamento de Péricles deslizava pelas pernas de Dona Belinha, apalpava-lhe o tornozelo delicado, subia pelas canelas macias, escalava o joelho redondo e já estava alcançando a curva interna das coxas quando a realidade o abalroou, na forma das sobrancelhas cerradas da sua mulher Mariana. Foi um choque. Mariana pregava em sua testa um severo olhar de reprovação.

– Em que tu estás pensando? – quis saber ela, as mãos na cintura.

Péricles enrubesceu.

– Nada, nada.

– Só pode ser sacanagem!

Como ela sabia? Que coisa. Mariana não confiava nele mesmo. Desde o dia em que a loirinha sardenta... Puxa, mas fazia tanto tempo! Péricles tinha de fazer algo para mudar aquela situação. E já.

– É que pensava em nós, Marianinha. – Será que colaria? – Nos nossos bons tempos. – era uma tentativa, ao menos.

Ela só balançou a cabeça, negativamente, e se foi, suspirando.

Não colou.

Péricles passou a noite se recriminando: tentava reconquistar sua mulher, fazer com que ela acreditasse que ele havia mudado, que não era mais o vira-lata de tempos atrás, e bastava um telefonema safado para não pensar em outra coisa, só em pernas de Dona Belinha, pernas de Dona Belinha! E o Doutor Araújo? Como iria provar ao Doutor Araújo que podia ser titular da quarta-zaga e chefe de setor, se estivesse pensando nas pernas da mulher dele? Oh, Deus! A culpa!

De manhã, Péricles foi para o trabalho estremunhado. Sua cara parecia um pastel. Passou o dia distraído, os colegas falavam com ele, e ele:

– Ahn?

Até que, no fim da tarde, ela apareceu. Dona Belinha! Com uma minissaia, Cristo! A menor delas! Palmo e meio de tecido, não mais. O escritório todo começou a rumorejar. Zunzunzum, viu?, viu?, que pernas! Péricles não olhava. Permaneceu com as vistas baixas, fitando, sem enxergar, os papéis em sua mesa. Suava. Não via, mas pressentia os movimentos de Dona Belinha pela sala, o ondular de suas pernas de abricó por entre as mesas. Ela dobrou à esquerda, à direita, entrou no corredor que levava à mesa dele e veio. Veio. Veio. Na sua direção! Péricles não sabia o que fazer. Manteve a cabeça baixa. Ela parou diante da sua mesa. Péricles via unicamente uns quinze centímetros das pernas dela, o naco moreno entre a mesa e a minissaia. Hesitava. E suava. Aos poucos, olhou para cima. Viu a região do umbigo, as mãos, os braços, os – oh! – seios pétreos. Finalmente, aterrissou nos olhos. Ela o encarava, divertida.

– Oi, Péricles – cumprimentou, chispas de sol saindo da voz. – Viste o meu marido por aí?

Péricles olhou-a demoradamente antes de responder. Ela sorria, a boca entreaberta, os lábios intumescidos. A própria malícia, Dona Belinha. Estava de costas para o resto do escritório, ninguém via aquele olhar. Só Péricles. Era um olhar tão incandescente que Péricles não conseguia falar. Queria dizer que o marido dela, o venerável Doutor Araújo, se encontrava na sala dele, como sempre. Mas não conseguia abrir a boca. Acenou com a cabeça, somente: não, não vira o marido dela. Ela passou a língua vermelha e pontuda pelos lábios em forma de coração. Abriu ainda mais o sorriso. Disse:

– Péricles – só isso, nada mais. E se foi em direção à sala do Doutor Araújo. Péricles ficou sentado, nervoso, tremendo.

Não a viu mais naquele dia. Só, de relance, na hora em que ela e o Doutor Araújo, braços dados, foram embora. Péricles ficou trabalhando. Ia fazer serão outra vez. Precisava trabalhar, era verdade, mas, numa gaveta da alma, guardava a esperança de que ela ligasse de novo.

E ela ligou.

Dez da noite, outra vez. Disse o nome dele, entre dentes, e recomeçou com a lambuzeira. Péricles ficou agitado, garganta apertada, olhava para os lados, engolia em seco, até que tomou uma atitude – balbuciou:

– Dona – num suspiro. E depois de uma pausa, com voz sumida: – Belinha.

Ao ouvir o próprio nome, ela calou. Péricles também. Silêncio. Péricles apertava o fone contra o ouvido, angustiado. Arrependeu-se de ter dito o nome dela. Ela certamente ficara furiosa. Talvez não quisesse jamais ser identificada. Talvez fosse essa a sua fantasia – apenas falar, não fazer. Se tivesse ficado ofendida, poderia inclusive comentar algo com o Doutor Araújo. O que seria horrível. Péricles queria muito que o Doutor Araújo confiasse nele. Queria a vaga de chefe de setor. Queria ser quarto-zagueiro titular. Que arrependimento. Já estava decidido a desligar, quando ela falou.

– Péricles – foi o que disse, a voz ainda mais cálida. E depois: – Péricles – mais quente. – Péricles – mais. – Péricles – e mais ainda!

Péricles sentiu a cabeça rodando. Ouvir seu nome sendo pronunciado daquela forma, com tanto calor, amolecia-lhe os ossos, fermentava-lhe o cérebro. Tinha que dizer alguma coisa. Então disse:

– Dona Belinha...

E ela, ronronando:

– Péricles...

Ele, suspiroso:

– Dona Belinha...

Ela, quase gritando:

– Péricles!

Ele, gritando:

– Dona Belinha!

Ela, aos berros:

– Péricles!!!

Ele, desesperado:

– Dona Belinha!!!

– Péricleeeees!!!

– Dona Belinhaaaaa!

– Péééééricleeeeeees!!!

Marcaram um encontro.

Seria na noite seguinte. Ele diria que ia fazer serão. Ela diria que ia a um chá beneficente – Dona Belinha ia a chás beneficentes. Péricles passou outra noite sem dormir. Sua mulher Mariana estava cada vez mais desconfiada. Observava-o com olhar perscrutador.

Adivinhava algo, farejava a traição como se fosse pólen no ar da primavera. Aquilo deixava Péricles louco. Ele queria que Mariana confiasse nele. Queria muito! Amava-a. Está certo, houve a loira. Olhos claros. Sardentinha. Aiai. Mas foi uma só vez. Só uma! Bem que Mariana podia ser mais compreensiva. Ele precisava recuperar a confiança extraviada da sua mulher. Mas agora havia Dona Belinha. Ah, Dona Belinha e suas pernas voluptuosas, suas pernas de pecado... Pecado! Era isso que ela era: o pecado!

No dia seguinte, o peito de Péricles era um pacote de angústia. Às vezes, decidia não comparecer ao encontro, noutras, sonhava com todas as loucuras que Dona Belinha ciciava ao telefone. Via o Doutor Araújo andar pelo escritório e suspirava. Como podia fazer aquilo com um homem tão bom, que já estava quase confiando nele? Depois pensava nas pernas de pecado. Assim ficou até as oito da noite, hora do encontro. Combinaram num barzinho discreto no centro da cidade. Péricles chegou com cinco minutos de atraso, torcendo as mãos. Ela já estava lá. Linda. De minissaia. Não tão curta quanto a do dia anterior. Mas era uma minissaia. Quando o viu, ela miou:

– Péricles.

Ele respondeu:

– Dona Belinha.

Amaram-se durante exatas duas horas num pequeno, porém romântico, motel. Péricles tomou uma ducha antes de sair, mas chegou em casa com o cheiro dela impregnado nas narinas. Olhou para sua mulher Mariana e suspirou: estava feito, não podia mais voltar atrás. Havia cedido à tentação, aos apelos da carne. Fora fraco. No entanto, não se arrependia. Queria muito tocar nas pernas de Dona Belinha. E tocara. Ah, como tocara. Talvez por isso sentia-se tranquilo como há muito não se sentia. Sua mulher Mariana podia falar o que quisesse, podia ficar ciumenta, podia se queixar dele, mas jamais descobriria a grande verdade: ele era o amante da mulher do gerente!

Puxa, Péricles se sentia bem com essa ideia: era o amante da mulher do gerente. Sentia-se tão bem que estava leve, de bom humor. Mariana percebeu.

– Tu estás bem hoje, não? – perguntou ela, acariciando-lhe os cabelos. E ele:

– Sim, sim.

Então ela o beijou. Com ternura. Paixão, até. Naquela noite, amaram-se suavemente. Tudo o que existia de selvagem dentro dele se esvaíra com Dona Belinha. Para Mariana, restara o carinho e a doçura. Foi uma grande noite para Péricles. Dormiu bem, fazendo do ombro o travesseiro de Mariana. Era a primeira vez, em um ano, que ela dormia amparada por seu braço. Aquela noite de sono sereno foi importante – no dia seguinte, sábado, aconteceria o jogo da semifinal. Péricles acordou com um beijo de Mariana. Saiu de casa sorrindo. Chegou no vestiário assobiando. O Doutor Araújo já estava pronto para começar a preleção. Viu que ele o observava e que, entre os olhos, levava um ponto de interrogação.

– Não vacile hoje, seu Péricles – recomendou.

– Pode deixar, Doutor Araújo – exclamou Péricles, cheio de segurança.

Toda essa segurança ele carregou para a grande área. Lá, foi soberano. Foi o dono. O patrão. Era o Figueroa, era o Adílson Capitão América. Era o Péricles.

Na torcida, sua mulher Mariana, sorridente. Ao lado de Dona Belinha, ainda mais sorridente. Péricles também sorria enquanto jogava. Elas abanavam para ele, ele para elas. Todos sorriam. Jogou sua melhor partida. O time da firma venceu. Classificou-se. Péricles saiu de campo festejado. O vestiário foi invadido pela torcida em festa. Sua mulher Mariana o cumprimentou com um beijo na boca. Dona Belinha se aproximou, abraçou-o e roçou seu rosto. Ao ouvido, lhe cochichou:

– Ainda essa semana, vamos festejar a vitória em particular.

Péricles estava feliz. Então viu o seu técnico, seu gerente. Doutor Araújo. Aproximava-se sério, como sempre. Tinha algo nas mãos. Olhou dentro dos olhos de Péricles. Abriu um sorriso, logo ele, que nunca sorria, puxou a mão direita de Péricles e, na sua palma, deitou um objeto de pano. Uma fita negra. A faixa de capitão.

– Meu subchefe de setor tem que ser o capitão do meu time – declarou o Doutor Araújo.

Péricles olhou em volta. Sua mulher sorria, orgulhosa. Dona Belinha sorria, maliciosa. O Doutor Araújo sorria, o que era raro. Péricles também sorriu. Enxugou uma lágrima fugaz que lhe desceu do olho direito. Suspirou. Péricles era um homem feliz.

Cueca lilás. Carpins pretos

Débora era o nome dela. Débora. Pronunciávamos num suspiro: "Déboraah...", com reticências no fim. Você sabe como são as mulheres com nomes proparoxítonos. Você sabe. Nomes proparoxítonos, vogais explosivas, só podia dar no que deu: uma mulher serpeante, com curvas e aclives de pista de rali. E ruiva, ainda por cima. Débora. Déboraah... Pensei nela por causa do Antônio Lopes.

Você vai achar estranho eu pensando na Débora por causa do Antônio Lopes. Bem, é que, na verdade, não foi exatamente na Débora que pensei em primeiro lugar. Não. Foi no Odone Carpim. Pois lá estava o Antônio Lopes, no Japão, com sua camisa da sorte, suas calças da sorte, seu sapato da sorte. Então lembrei do Odone Carpim. Justamente devido a isso de roupa da sorte.

Está certo, é comum no futebol essa história de roupa da sorte. O Foguinho tinha uma. Um colete. Torcedores e jogadores acreditavam que, quando o Foguinho usava seu colete, o Grêmio não perdia. Acontece que o colete era de lã, quente, e Foguinho tinha de usá-lo mesmo no verão. Uma vez, o Grêmio ia jogar no Interior, o ônibus da delegação já deixara a cidade, quando Foguinho, remexendo na mala, comentou, distraído:

– Esqueci meu colete...

Num repente, todo o bulício dos jogadores, as risadas, os gritos, os jogos de cachetinha, tudo cessou. As respirações ficaram em suspenso. O silêncio se tornou tão pesado que ameaçou estourar os pneus do ônibus. Os olhares se voltaram para o técnico. Esqueceu? Meia-volta. Todos à casa de Foguinho, atrás do colete.

Times vencedores cultivam superstições. O Inter de 75. Os jogadores entravam e saíam do ônibus sempre na mesma ordem, sentavam nos mesmos lugares. E havia o perfume. O massagista Moura borrifava as camisetas com um perfume odor alfazema que dizia ser mágico. O time entrava em campo todo cheiroso, intrigando os adversários.

Um amigo meu, o Jorge Barnabé, acreditava ardentemente que o Grêmio só vencia se ele fosse ao jogo com uma certa cueca lilás. Empenhado na conquista do campeonato, ele não perdia uma partida. O pessoal se encontrava com ele na arquibancada e nem dava boa-tarde:

– Tá com a cueca? Tá com a cueca?

E ele, sorridente, puxava uma ponta de pano lilás do lado das calças e mostrava:

– Oh! – todos suspiravam de alívio.

O brabo é que a cueca essa era daquelas "cuecas machão", lembra? Um tecido furadinho, quadriculado, baratíssimo, vinham várias delas dentro de um cilindro plástico vendido a parcos centavos. Chegava uma hora que as tais cuecas começavam a pinicar a pele do usuário. Aí, o Jorge ficava inquieto na arquibancada, sentando de lado, levantando, incomodando a torcida ao redor.

Aquelas cuecas se gastavam rapidamente. Certa feita, a mãe do Jorge, vendo o estado lamentável da cueca lilás dele, atirou-a no lixo. No dia do jogo, o Jorge procurou a cueca e não a encontrou. Revirou as gavetas, o cesto de roupa suja. Nada. Pressentindo a tragédia, correu para a cozinha:

– Mãe! – berrava. – Cadê a minha cueca lilás?

Agora você sabe por que o Grêmio perdeu tantos campeonatos na década de 70.

Mas a história que interessa é a do Odone Carpim. Como você é esperto, já adivinhou que a roupa da sorte do Odone Carpim era, exatamente, um par de carpins. Pretos. Comuns. Meia canela. Em outras rodas consagrados como "peúga".

Olha, o Odone não venceria nenhum concurso de mister elegância com seus carpins, mas parecia ter sorte mesmo. No futebol, a bola batia na canela dele e entrava. Sorteio, ganhava todos. Vivia achando dinheiro na rua. A todas essas, repetia: é o carpim, é o carpim.

Odone usava os carpins quase todos os dias. Resultado: os carpins começaram a gastar. Ficaram puídos, desbotados. Até que chegou um tempo em que ele foi deixando de usá-los. Não sem se lamentar pungentemente:

– Sou um comum sem o carpim. Um comum.

O curioso é que sua sorte realmente mudava. As coisas não davam mais tão certo para ele. Talvez porque sua confiança diminuísse sem os carpins. Foi então que surgiu Débora. A Débora proparoxítona. Todos nos apaixonamos pela Débora. Todos a assediávamos. Ela nem bola.

Uma tarde, a Débora estava perto do campinho do IAPI com três amigas. Nós cochichávamos a alguns passos. Sobre ela, claro. "Como é exibida, nem olha pra gente". Então, o Odone bradou:

– Vou dar um jeito nisso.

E saiu correndo. Foi em casa. Voltou de bermudas. E carpins. Os velhos carpins da sorte. Veio gingando, sorrindo, em nossa direção. Subitamente, desviou para o lado das meninas. Óbvio: ia apresentar os carpins para a Débora. Tensão. Daria certo? Débora se apaixonaria pelo Odone por causa dos malditos carpins? Odone chegou perto dela. Bem perto. A roda das meninas também silenciou. Aí, ele se abaixou, ajeitou os carpins demoradamente, chamando a atenção para eles. Todos, inclusive a Débora, olhamos para os carpins. Ele olhou para trás, para nós. Sorria maliciosamente. Sorrindo ainda, olhou para cima. Para Débora. Ergueu-se. Ficou diante dela, sorrindo. Então deu-se o inacreditável. Débora sorriu para ele. Era a primeira vez que sorria para alguém da turma. Dissemos: "Oooh". O Odone olhou para trás, vitorioso. E Débora, incrível!, falou com ele (falou!). Disse assim:

– Tu que és o Odone Carpim?

Ele, orgulhoso:

– Eu mesmo.

Ela, ainda sorrindo, mas desta vez olhando para as outras meninas:

– Vocês têm razão: é um nojo.

Ao que deu as costas para o Odone e foi embora.

Moral da história: superstição só funciona no futebol.

A FILHA DO DELEGADO

– Ela é a filha do delegado! – adverti. – A filha do delegado!

Nem assim o Ricardinho esvurmou aquele sorriso úmido dos lábios, nem assim ele arrancou dos olhos aquele brilho de dobermann de dieta, enquanto acompanhava o gingado da mocinha. Fiquei preocupado. Sacudi-o pelos ombros:

– E só tem catorze aninhos! – gritei. – É uma criança! Um bebê!

Não adiantou. O Ricardinho já babava e arfava, com a língua pendente. Sequer me ouvia. Eu sabia que ele ia tentar algo com a Lucianinha. Sabia também que aquilo só podia dar uma grande confusão. Como deu. Ah, deu. Também, pudera, ela era a filha do delegado. Delegado mesmo. Da polícia. E grande. E brabo. Uma fera, o delegado. Era conhecido e temido por todo o bairro, todo o distrito. Quiçá toda a cidade.

O delegado nunca ria. Parecia estar sempre rosnando. Era enorme. Tinha de se abaixar para cruzar por algumas portas. Os bíceps dele eram do tamanho da coxa do Roberto Carlos. O lateral, não o cantor. O próprio delegado era lateral lá do nosso adversário, o Palomares. Mas o negócio dele não era exatamente a bola. Queria distância dela. Quando a bola chegava perto, bam!, mandava-a num bicaço para o outro lado do campo. Uma vez, um balão desses do delegado aterrissou na cabeça de um vendedor de picolé, que foi a nocaute na hora, fazendo a alegria da gurizada que disputava uma peladinha ali perto. O delegado era famoso por ter quebrado duas pernas e cinco costelas de alguns pontinhas mais ousados. Era chamado assim: Delegado. Uma fera, ele. Uma fera.

Pois o Ricardinho começou a assediar a filhinha de catorze anos desse monstro homicida. Pior: um mês depois da advertência que lhe fizera, o encontrei no Tuim, ali na Rua da Ladeira.

– Rapaz – disse ele apressado, sem nem me cumprimentar. – Precisava falar contigo!

– Que foi?

– Sabe a Lucianinha?

– A filha do Delegado?

– É.

– Não!

– É – e o sorrisão dele dizia que era.

– Não!!!

– Éééé – e cada vez mais eu tinha certeza de que era.

– Vai dar galho, rapaz. Vai dar galho!

Deu. O Delegado descobriu. Passou a andar pelo bairro de tres-oitão na cintura, berrando com o seu vozeirão trovejante:

– Vou matar aquele desgraçado! Vou matar!

O Ricardinho, espertamente, sumiu. Mas não poderia ficar desaparecido nem deixar de enfrentar o sogro por muito tempo. Porque naquele final de semana mesmo haveria jogo do nosso time contra o Palomares, o time do Delegado. Pior: o Ricardinho era ponta-esquerda, e o Delegado lateral direito. O Delegado marcaria o Ricardinho!

A morte parecia iminente. E uma morte horrenda, vagarosa, violentíssima. Perto do fim de semana, o Ricardinho reapareceu. Bateu lá em casa. Suava muito, olhava para os lados, ansioso:

– Deixa eu entrar, deixa eu entrar.

Deixei, claro. Estava virado num carpim usado, o Ricardinho. Nervoso. Paranoico. Qualquer sombra era uma ameaça. Ficamos horas debatendo a respeito do que ele deveria fazer. Até que tive uma ideia:

– Por que não vai falar com a mãe dela?

Quem sabe? Dona Ângela, uma jovem senhora de porte altivo, mas não arrogante. Sensata, mas cheia de alegria. Madura, mas ainda bela, de uma beleza sólida, luminosa. Parecia uma pessoa compreensiva, boa. Se o Ricardinho falasse as palavras certas, se a convencesse das suas boas intenções, as chances eram grandes de ela convencer o marido a, pelo menos, poupar-lhe a vida.

– Vai ser dureza a marcação dele no jogo de domingo – previ. – Mas tiro tu não vai levar.

O Ricardinho gostou da ideia. Foi falar com dona Ângela aquele dia mesmo. Voltou otimista.

– A mulher é uma maravilha – festejou. – É a bondade em pessoa. Acho que vai dar tudo certo. Tu é um amigão. Mi casa, su casa!

Realmente, o Delegado se aquietou. Mesmo assim, no dia do jogo, o bairro pulsava de expectativa. Todo mundo foi ver a partida. Havia gente pendurada nos alambrados, nos galhos das árvores, nos morros vizinhos, todos loucos para ver o duelo entre o lateral direito deles e o nosso ponta-esquerda. E não era por futebol que eles esperavam.

Bola rolando. Jogo nervoso. Elétrico. Ruim. A bola não saía do meio-campo. Evitávamos de passar para o Ricardinho. Lá pelos cinco minutos, deu-se o que se deu: ela apareceu. Lucianinha, a pequena e bela filha do Delegado, abriu caminho entre os torcedores mudos e espantados e postou-se no alambrado. Tensão. O silêncio era tão denso que dificultava a movimentação dos jogadores. Então, o Delegado viu. Estacou na lateral. Colocou as mãos na cintura. E rugiu com a sua voz de tigre fazendo tratamento de canal:

– Luciaaanaaaaa! Volta já pra casa!

A menina fez que nem ouviu. Algo obviamente impossível. O estádio, o bairro inteiro havia ouvido. Estávamos paralisados. Todos. Menos o nosso meia-esquerda Serginho Anão. E o Serginho Anão lançou para a ponta. Para o Ricardinho, que apanhou a bola livre da marcação do Delegado e se foi área adentro e marcou o gol. Levamos, nós, o adversário, o Delegado, a torcida, o juiz, levamos algum tempo para compreender o que ocorrera. Quando entendemos, foi uma explosão. Os torcedores festejando. Nós festejando. O adversário estupefato. Ricardinho, enlouquecido de alegria, correu para a torcida para comemorar. Na torcida, estava Lucianinha. Ela gritou:

– Cadinho! Cadinho!

No entusiasmo da comemoração, ele atendeu. Correu para ela, feliz, e beijou-a entre as frestas da tela que cercava o campo. Só então percebeu o que fizera. Gemeu:

– Ai, meu Deus.

Do gramado, o Delegado urrou:

– Vou mataaaaaar! – saiu correndo, passou pelo banco de reservas do Palomares e de lá tirou sua capanga.

Adivinhem o que há numa capanga de policial. Foi uma correria. Saiu cada um para um lado, inclusive os do Palomares. A torcida esvaiu-se pelas ruazinhas do bairro, o juiz tentou escalar o alambrado, os bandeirinhas se esconderam atrás das traves, Ricardinho disparou para o fundo do campo. Com o Delegado atrás. Dando tiro. Um horror.

Aí, surgiu a salvação. Dona Ângela, a mãe de Lucianinha, materializou-se diante do Delegado como uma santa, uma aparição do céu, um anjo sem espada. Sem uma palavra, apenas estendendo-lhe a mão delicada de pianista, tomou a arma, acalmou o estádio inteiro, levou marido e filha para casa. Antes, porém, lançou a Ricardinho uma frase, como quem lança uma flor:

– Meu filho, depois passa lá em casa que nós resolvemos isso.

Naquela noite, o Ricardinho foi lá. Jantou com eles. Tarde, quase madrugada, apareceu lá em casa. Tinha um brilho estranho nos olhos, um sorriso mole na boca.

– Tudo bem, Ricardinho?

– Tudo lindo, lindo, lindo. Que força – balbuciou.

– Que foi?

– Que força, o amor.

Sorri.

– Então conseguiste – disse para ele. – Finalmente, estás namorando a filha do Delegado.

Ele olhou para mim surpreso, como se acordasse de um sonho.

– Está maluco? – Perguntou. – Que filha, rapaz?! Estou apaixonado, sim, mas é pela mulher do Delegado.

Histórias praianas

Aconteceu em Imbé. Um amigo meu conheceu aquela a quem chamou de A Mulher. Ele conhece várias, acreditem. Sobretudo biblicamente. É um mulherengo tão arraigado que o pessoal da turma o apelidou de Formigão. Pois o Formigão conheceu A Mulher em Imbé. E voltou para Porto Alegre furibundo.

– Igualmente! – Ele berrava. – Olha o que eu fui dizer: igualmente!

– Calma – eu pedia. – Não é tão grave assim.

– Não é grave? Como não é grave? Diz a verdade: tu diria igualmente para uma apetitosa?

É assim que o Formigão se refere a uma mulher que considera sensual: apetitosa. Tive de reconhecer. Eu não diria igualmente a uma apetitosa. Ele espumava:

– Está vendo? Está vendo? Pois eu disse! Logo eu! A Mulher falou que tinha adorado me conhecer, e eu, nervoso: "Igualmente". Vê se isso é coisa de se dizer a uma apetitosa? Por que eu não disse algo mais legal? Algo espirituoso? Igualmente é coisa de velho!

O Formigão não conseguia tirar aquilo da cabeça. Havia tido até um pesadelo. Ele trancado numa sala, atado a uma camisa de força. Das paredes, do chão, do teto, ecoava: "Igualmente, igualmente, igualmente". Tantos igualmentes que ele acordou suado, gritando:

– Igualmente não!

De alguma forma, a história do Formigão me alegrou. Ele ficara nervoso diante de uma mulher. Isto é: o Formigão também fica nervoso, ele também é humano. Porque esses pânicos momentâneos vivem acontecendo a quem não é o Formigão.

Certa feita, eu trabalhava para uma editora e precisava falar com uma professora num colégio de Porto Alegre. Fui lá. Na entrada, perguntei por ela. Na sala dos professores, disseram. Procurei a sala dos professores. Encontrei. A porta estava encostada. Empurrei-a mansamente. Parei na soleira. Quando a porta se escancarou, dei com a visão assombrosa: seis professoras, todas jovens, todas lindas, conversando alegremente, sorrindo. Ao me verem, interromperam a conversa. Olharam-me, todas, doze conjuntos de cílios longos, seis sorrisos resplandecentes ainda curvando os lábios carmim. Elas eram divinas. Elas brilhavam em volta da mesa coberta por copos de cafezinho e pastas de provas corrigidas. Aquilo me entonteceu. E desnorteou. Fiquei apavorado. O que fazer? Devia ter me penteado antes. Onde colocar as mãos? Queria falar algo inteligente, mas só consegui dizer mais ou menos isso:

– Eu... é... aham... ó... o... tdrbrgh... Onde é o banheiro?

Perguntei onde era o banheiro. Eu sabia onde era o banheiro! Elas me disseram. Dei-lhes as costas e, antes de sumir da visão delas, ainda dei uma tropeçada num parquê mal colocado. Xinguei o parquê e fugi covardemente. Nunca falei com aquela professora, nem ousei retornar ao colégio.

Pânico – foi o que senti. Pânico – foi o que sentiu o Formigão. Que, afinal, mostrava ser um homem comum. Disse isso ao Formigão. Contei-lhe o que me aconteceu no colégio. Não adiantou. Ele só repetia:

– Igualmente! Vê se isso é coisa de se dizer! Igualmente!

Até que tocou o celular dele. O Formigão atendeu. E seu rosto luziu.

– É ela! É A Mulher! – Sussurrou para mim, tapando o bocal com a mão. Vibrei. Colei minha orelha ao celular para ouvir a voz dela. Ela dizia estar cumprindo a promessa que fizera na praia, de ligar assim que chegasse a Porto Alegre. O Formigão exultava. Conversou um pouco. Senti que ele ainda estava nervoso. Eu sorria. Ele sorria, corado. O Formigão corado! Marcaram um cinema. Conversaram mais um pouco. Eu sempre ouvindo e dando-lhe tapinhas nos ombros como congratulação. Ao se despedirem, ela disse:

– Gostei de falar contigo.

Ao que ele escancarou um sorriso de vitória e, confiante, com a segurança do velho Formigão, empostou a voz e tascou:

– Igualmente.

A DEITADINHA NO OMBRO

Foi um pedido estranho. Muito estranho. Tanto que, ao ouvi-lo, o Edu não acreditou. Disse, apenas:

– Quê? – e ficou de boca aberta.

Era, de fato, um pedido estranho. Ainda mais vindo de quem veio, o Jorge Aírton, amigão do Edu. Mais do que amigo, um irmão. Estavam sempre juntos, o Jorge Aírton e o Edu, e até quando jogavam bola, no time do Gaivota, faziam dupla. Eram como Larry e Bodinho, Paulo Nunes e Jardel, química e biologia, bolinho de bacalhau e cerveja. Uma dupla que saía tabelando do meio-campo e irrompia gol adentro tocando bola de pé em pé, tonteando os adversários, levantando poeira, queimando a grama. Ou a areia. Pois agora, no verão, Edu e Jorge Aírton jogavam no Gaivota Praiano, de Capão da Canoa. Edu e Jorge Aírton. Jorge Aírton e Edu. Sempre juntos. Amigões. Por isso, o Edu estranhou quando o Jorge Aírton pediu:

– Quero que tu dê em cima da minha namorada.

– Quê? – e o Edu com um ó desenhado na boca.

– Não te agrada, a Anelise?

Ora, ora, que pergunta. A Anelise agradava a todos. Era uma mulher de superlativos. Todos eles rijos. Todos eles serpeantes. Palavra adequada para descrevê-la essa, serpeante. Porque aquela era uma mulher pululante de côncavos e convexos, vales e montanhas. E, quando dançava, nossa!, era uma enguia com coceira. Vinha gente de outras praias para ver a Anelise dançar. Até de Torres. Até do Cassino. Anelise. Uma enguia com coceira.

Então, não era que a Anelise não agradasse ao Edu. Agradava, agradava. Mas eles eram amigos, pô! O Edu olhava para a Anelise como se ela fosse uma irmãzinha, uma noviça. Mesmo assim, o Jorge Aírton insistia. Queria que o Edu a assediasse.

– Mas por quê? – desesperou-se o Edu. – Ficaste louco?

Não, o Jorge Aírton não estava louco. Estava com ciúme. A Anelise era uma mulher especial. Tez morena. Lábios voluptuosos. O sol no sorriso. Nos últimos dias, Jorge Aírton se sentia inseguro. Na verdade, na verdade, nunca se sentira completamente seguro. Desde sempre, as iniciativas partiam dele. A Anelise lhe parecia às vezes indiferente, às vezes no máximo satisfeita por ser cortejada.

Jorge Aírton só passara a ter certeza de que havia algum sentimento entre eles no dia em que ela deitou a cabeça no seu ombro. Um gesto singelo. Mas eloquente. Eles já estavam razoavelmente envolvidos, já haviam trocado carícias. Só que sem ternura. Até a deitadinha no ombro. Aquela deitadinha no ombro, sim, foi terna, carinhosa, havia sentimento naquela deitadinha no ombro. Estavam lado a lado, no bar, e ela recostou a cabeça no ombro dele, carinhosamente, ronronando, quase fazendo miau. O Jorge Aírton ficou sentindo a maciez dos cabelos castanhos roçando-lhe o rosto, o cheiro de chocolate branco que saía dos lábios polpudos, e teve certeza: ela gosta de mim. Tudo começou a partir daquele instante.

Agora, gostar dele não queria dizer exclusividade. Por isso a insegurança do Jorge Aírton. Por isso o pedido estranho. Jorge Aírton queria que o Edu convidasse a Anelise para sair. Ela ia aceitar, claro, os dois eram amigos. Além disso, o Jorge Aírton teria de voltar para Porto Alegre. Eles só tornariam a se encontrar no outro final de semana, quando os dois amigos, Jorge Aírton e Edu, jogariam pelo Gaivota. E a Anelise estaria na torcida, como sempre, batendo palminhas, incentivando:

– Vai, Airtinho! Vai! – chamava-o assim: Airtinho. Que amor.

Então, a ideia era o Edu sair com ela e assediá-la.

– Se ela te der bola, já sei que não posso confiar nela, a safada. Se não der, aí tudo bem, tudo maravilha – explicava o Jorge Aírton.

– Nunca! – reagia o Edu. – Não posso fazer isso.

O Jorge Aírton pegava-o pelo braço. Argumentava, dramático, cheio de exclamações:

– Só posso pedir isso para um amigo de verdade! Só! Só! Se tu és meu amigo, faz isso! Se tu és meu amigo, acaba com essa minha dúvida!

O Edu acabou cedendo. Sob protesto, mas cedeu. E assim começa essa história de dor e dor e dor.

No fim da tarde de domingo, o Jorge Aírton voltou para Porto Alegre. Naquela noite mesmo, conforme o combinado, o Edu convidou a Anelise para sair. Cineminha. Jantinha. Talicoisa. A Anelise gostou da ideia. Não tinha nada para fazer mesmo... Uma boa, uma boa.

A 142 quilômetros de distância, o Jorge Aírton queimava de ansiedade. Mal dormiu naquela noite. No dia seguinte, nem bem levantou da cama já ligou para o celular da Anelise: "Telefônica celular informa..." Droga, ela devia estar dormindo. Teriam ficado acordados até tarde? Ligou para o do Edu: "Telefônica..." Droga.

Continuou ligando durante toda a manhã. Nada. Meio-dia. Nada. Jorge Aírton nem almoçou direito, tamanha a sua angústia. À tarde, não conseguia se concentrar no trabalho. Só ligava, ligava, ligava, e nada de nenhum dos dois atender. Ao voltar para casa, à noite, discutiu na sinaleira da Mostardeiro com o motorista de um Gol. Estava nervoso. Ao chegar no seu edifício, ouviu o telefone tocando. Subiu as escadas correndo. Abriu a porta. Quando atendeu, a ligação caiu. Seria ela? Devia ser. Ligou para ela. "Telefônica celular". Mas que droga! Ligou para o Edu. Nada. Zero. Uma droga. Era isso que era: uma droga. Finalmente, às dez horas da noite, depois de noventa tentativas, o Jorge Aírton ouviu o tão esperado sinal do telefone chamando.

– Anelise! – berrou, quando ela disse alô.

– Ahn? Quem fala?

– Quem fala? Como quem fala? Sou eu! O Airtinho!

– Ah. Oi – ela não parecia entusiasmada.

– Oi! – Jorge Aírton percebeu que ainda gritava. Tentou se controlar. – Oi. Estava com saudade...

– É?... – por que ela não disse que estava com saudade também?

– É. Tudo bem por aí?

– Tudo. Olha, Aírton, eu vou ter que desligar. Tenho de me arrumar para sair, tá?

Aquilo pegou o Jorge Aírton de surpresa. Ela nunca fora tão lacônica. E por que o chamara de Aírton?

Ela sempre o chamava de Airtinho... O que estaria acontecendo?

– Ahn... – o Jorge Aírton não conseguia raciocinar. – Então tá...

Desligaram. Jorge Aírton coçou a cabeça, intrigado. O que teria acontecido na noite anterior? Será quê?... Será que ela tinha capitulado à primeira investida do Edu? Sua resistência seria assim tão frágil? Cachorra!

Mas, não, não era possível. Ela o amava, era evidente que o amava. Senão não teria dado aquela deitadinha no ombro dele, aquela deitadinha amorosa de gato que acabou de comer atum. O Jorge Aírton sempre lembrava da deitadinha, a tão terna deitadinha, prova do amor da Anelise. Além disso, ela não iria se entregar na primeira vez. O Edu teria que insistir um pouco mais. E insistiria, claro, mesmo que não quisesse. Aliás, era certo que o Edu não ia querer, que o Jorge Aírton teria de insistir muito, teria de apelar pela amizade entre eles. Afinal, não poderia confiar em ninguém mais, só no seu melhor amigo. Só o seu amigaço poderia assediar sua namorada para fazer aquele teste definitivo. Só ele. Só o Edu. Então, mesmo que o Edu se negasse, mesmo que resistisse, Jorge Aírton iria argumentar até que ele aceitasse sair com a Anelise de novo. Ligou para o amigo. Grande amigo, aquele Edu. Desta vez, o Edu atendeu.

– Ô, Edu, amigão, meu irmão, parceiro, tudo bem? É o Jorge.

– Ah. Oi. Tudo bem – o Edu parecia um pouco distraído.

– E aí?

– Ahn? – bem distraído, até.

– Como foi ontem?
– Ontem? – muito distraído.
– Com a Anelise, meu! Vocês não saíram?
– Ah, sim. Saímos... – singularmente distraído.
– E aí?
– Tudo bem.
– Como assim, tudo bem? Tu deste em cima dela? – o Jorge Aírton começava a se exasperar.
– Dei, sim, claro. Como tu pediste.
– E ela? E ela?

O Edu pareceu hesitar alguns instantes. Em seguida falou, voz sussurrada:

– Nada. Não deu a mínima.
– Ah... – Jorge Aírton refletiu por meia dúzia de segundos. – Mas foi só a primeira vez. Continua insistindo, certo? – o Jorge Aírton, prevendo que o Edu, o amigão Edu, ia se rebelar contra o pedido, que nunca mais quereria sair com a Anelise, que iria dizer não, não e não, prevendo isso o Jorge Aírton já se preparava para fazer uma longa argumentação. Não precisou. A resposta do Edu foi rápida e até entusiasmada:

– Tudo bem, pode deixar – agora o Edu não parecia mais distraído. Havia despertado repentinamente. – Pode deixar, pode deixar – e ficou repetindo: – Pode deixar, eu faço isso pra ti. Hoje mesmo. Pode deixar.

Algo havia acontecido. O Jorge Aírton tinha certeza disso. Quando falavam com ele, ao telefone, eram sempre reticentes, vagos. Por que estariam assim? Jorge Aírton se recusava a acreditar que ela já tivesse cedido. Mas, se ela cedeu, será que o amigo Edu acabou gostando? Será que aconteceu? Não! Ele não podia nem pensar nisso!

O problema é que, durante toda a semana, o comportamento dela foi o mesmo. Dispersiva. Sempre com uma desculpa para desligar antes do fim da conversa, geralmente porque precisava se arrumar para sair. Com o Edu. Sempre com o Edu. Na verdade, só um dia pareceu animada ao telefone. Foi lá pela quarta-feira, quando comentou:

– Muito boa essa tua ideia de pedir ao Edu que me fizesse companhia durante a semana. Estava me sentindo sozinha mesmo.

Então o Edu dissera que a ideia tinha partido dele. Por quê? Curioso. E por que ela estava tão distante? Dúvidas, quantas dúvidas. Quando falava com o Edu, não conseguia dirimi-las. Perguntava, ansioso, pelo comportamento da Anelise, como ela vinha reagindo, e o amigo:

– Não aconteceu nada. Ela gosta de ti. Lembra da deitadinha?

O Jorge Aírton lembrava. Como iria esquecer? Era seu único consolo. A deitadinha suave. Macia. De travesseiro de penas. Ela o amava, ela o amava. Ou não? Os dois, Edu e Anelise, não poderiam estar tendo um caso em segredo? Poderiam. É, poderiam. Jorge Aírton reconheceu: estava arrependido daquilo tudo. Maldita a hora em que resolveu testar a Anelise! Era bem feito para ele. Para que tanta desconfiança? Bem, mas o fato é que agora tudo poderia ter ido por terra mesmo. Com o pedido, talvez ele tenha apertado algum botão camuflado na alma daqueles dois, talvez tenha acionado o mecanismo que desencadeou a paixão entre eles. Que desgraça! Sua amada e seu melhor amigo. Quer dizer: uma vaca e um judas! Uma serpente e um traidor! Desgraçados!

Ele tinha de reagir. Na quinta-feira, concluiu que só havia uma coisa a fazer. Seu Jairo. O Jorge Aírton ia ligar para o Seu Jairo e pedir ajuda. Sim, era a pessoa certa a quem clamar por socorro. Definitivamente. Seu Jairo era o técnico do Gaivota. Um homem maduro. Experiente. Pequenas rugas de expressão nos cantos dos olhos, restos de antigos sorrisos. Prata nos cabelos. Talvez fosse aquilo que chamavam de aparência veneranda. Sim, sim, era o que ele possuía. Aparência veneranda. Seu Jairo conhecia tudo de estratégias de futebol e mulheres. Dois ou três volantes? Convidar aquela ruiva para sair ou não? Eram perguntas para as quais o Seu Jairo sempre tinha resposta. E, como ele estava na praia, perto daqueles dois cães infiéis, teria chance de falar com eles. E Seu Jairo conhecia a ambos, Edu e Anelise. Se falasse com ela, a convenceria de que o certo era continuar com ele, Jorge Aírton. Que ela não deveria trocar algo sólido, antigo, por uma aposta, por uma dúvida.

Ligou para o Seu Jairo. Contou tudo. Tudinho. Como havia pedido para o Edu assediar a Anelise. Como eles mudaram depois que saíram juntos pela primeira vez. Suas dúvidas. Suas desconfianças. Sua dor. Tudo. Seu Jairo ouviu em silêncio, compenetrado, fazendo "ãrrã" de vez em quando. Quando o Jorge Aírton terminou, sentiu que Seu Jairo balançava a cabeça do outro lado da linha. Achou até ter ouvido: "Tsc, tsc".

– O senhor disse tsc, tsc? – perguntou, aflito.

– Um grande erro, rapaz – limitou-se a falar o Seu Jairo, com sua voz de comercial da Bozzanno. – Você cometeu um grande erro...

Jorge Aírton engoliu em seco.

– O senhor pode me ajudar? Pode falar com ela? Ver o que está acontecendo? Dizer para ela que ela deve ficar comigo?

– Vou dar um jeito, rapaz. Vou dar um jeito.

– Sério? Puxa, muito obrigado, Seu Jairo. Muito obrigado mesmo!

E ficou repetindo muito obrigado, muito obrigado, enquanto o Seu Jairo só dizia:

– Fique tranquilo, rapaz. Fique tranquilo.

De fato, o Jorge Aírton estava mais tranquilo. Ainda mais que no dia seguinte, sexta-feira, iria para Capão e os encontraria, Anelise e Edu. Então, o Seu Jairo já deveria ter conversado com eles, já teria colocado tudo no seu lugar. Os três sairiam, ele, Edu e Anelise, e tudo voltaria a ser como antes. Isso. Tudo como antes.

Realmente, na sexta-feira, em Capão, os três saíram. Só que as coisas não aconteceram como o Jorge Aírton havia planejado.

Naquela noite, os três estavam tomando sorvetinho, que cerveja não podiam, pois no dia seguinte Edu e Jorge Aírton jogariam pelo Gaivota. Depois de cinco dias, Jorge Aírton reencontrara Anelise. O que não o fazia mais feliz. Ele, o namorado, ele, o melhor amigo, não conseguia se sentir à vontade com Anelise e Edu. Já os dois se divertiam. Comentavam sobre o filme que viram na terça, o restaurante novo, as aventuras na praia, o concurso de jacarezinho vencido pela Anelise, frescobol. Coisinhas, vocês sabem.

Jorge Aírton sentia-se excluído. O que poderia fazer para participar da conversa? Pensou, pensou e resolveu fazer uma proposta descontraída, agradável, algo gracioso e apetitoso, do gosto de todos.

– Que tal uma batatinha? – propôs, jovialmente.

Anelise e Edu se olharam por instantes, num silêncio divertido, os dois pares de olhos refulgindo como dois gatos no escuro. Então, Anelise disse, rindo:

– Batatinha! – o Edu, rindo também, repetiu, olhando para a Anelise:

– Batatinha! – Em seguida, os dois explodiram em coro:

– As gêmeas peladas! – e caíram em desabalada gargalhada, curvando-se de tanto rir, a Anelise dando tapas na perna do Edu, o Edu segurando o ombro dela. O Jorge Aírton olhava de um para o outro, sem entender nada.

– Que é que tem? – perguntava, tentando manter a elegância. – O que disse de engraçado? Só perguntei se vocês queriam batatinha...

À menção da palavra batatinha, eles quase se atiravam ao chão. Repetiam: "Ele pediu batatinha! As gêmeas peladas! Batatinha! As gêmeas peladas!" E riam. Chato, aquilo. Quando pararam de rir, às lágrimas, como o Jorge Aírton ainda insistia, que foi?, que foi?, Anelise falou, fazendo um gesto de desdém com a mão:

– Nada. Tu não entenderias mesmo.

– Coisa nossa – acrescentou o Edu.

Coisa nossa. Que negócio era aquele de "coisa nossa"? Desde quando o Edu tinha coisas com a namorada dele? Coisa nossa, coisa nossa, aquilo não estava certo. Não, não, realmente não estava certo. A noite foi toda assim. O Edu nem o olhava. Só conversava com a Anelise. Às vezes, temas incompreensíveis para ele, como: "lembra da tatuíra vesga?" E os dois quá-quá-quá. O

Jorge Aírton, quieto, com um caroço de abacate na garganta. Na saída do bar, aconteceu algo inquietante. Ao se despedirem, o Edu o encarou friamente, quase com desprezo, e se foi resmungando. Jorge Aírton coçou a cabeça, virou-se para a Anelise. Queria que ficasse com ele. Ela alegou cansaço.

– Além disso – acrescentou –, amanhã vocês têm jogo. Precisam descansar.

– Tudo bem – conformou-se Jorge Aírton. – Mas eu queria saber uma coisa. Só uma coisa: o Seu Jairo falou contigo?

Ela levou um susto. Corou.

– Sobre o quê? – perguntou, gaguejante.

– Só responde: falou?

– Falou... – Anelise torcia as mãos.

– Então, tudo bem.

Foram cada um para o seu lado. Jorge Aírton sentia-se mais aliviado. Seu Jairo estava agindo. Talvez até a situação estivesse normal e ele não percebeu. Sim, talvez o entrosamento de Edu e Anelise fosse só amizade, e ele, Jorge Aírton, tivesse entendido tudo errado. Claro, era isso. Seu Jairo havia colocado as coisas no seu lugar. Que amigo, o Seu Jairo. E que técnico. No dia seguinte, Jorge Aírton pretendia arrasar no jogo do Gaivota.

Pela manhã, ele começou o jogo confiante. Sobretudo porque Anelise estava assistindo, ao lado do Seu Jairo, os dois conversando, animados, no fundo do campo. Seu Jairo estava tão envolvido na conversa com a Anelise que nem orientava o time direito. O Edu jogava mal. Errava passes. Desperdiçava gols. O que comprometia o rendimento do Jorge Aírton. No meio do jogo, o Jorge Aírton chamou a atenção do amigo:

– Te liga, meu! Não está vendo a bola?

– Não sou eu que sou cego! – respondeu o Edu, agressivo.

Cego? Por que o Edu o chamava de cego? Jorge Aírton estacou na areia, intrigado. Olhou para um lado. Para outro. Para onde estavam Anelise e Seu Jairo. Então viu. Justamente quando a bola tinha sido passada para ele. Deixou a bola sair pela lateral. Os companheiros do time reclamaram. Ele não se importou. Estava paralisado. Traumatizado com a cena que se passava lá longe, sobre um cômoro, testemunhada pelo sol inclemente e por toda a orla. Era um escândalo. E era o seu fim. Ao ver aquilo, Jorge Aírton sabia que havia sido derrotado. Traído. Liquidado. Pois lá estava ela, Anelise, a sua Anelise, Anelisinha, ao lado do Seu Jairo, sorrindo. Aliás, ambos sorriam, encostadinhos. Ele a abraçava com confiança. E ela, debruçada, com os cabelos cheirosos caindo em catadupas pelas costas dele. Isto mesmo: estava com a cabeça deitada no ombro do Seu Jairo. Ternamente. Suavemente. Falando com ele com seu hálito de chocolate branco. Estava tudo acabado. Era o fim. Anelise havia dado a deitadinha no ombro do Seu Jairo!

O QUE AS MULHERES REALMENTE QUEREM

Jamais, rapaz. Jamais! Há coisas que você jamais deve fazer. Por um motivo indúctil e inoxidável: devido ao que as mulheres realmente querem.

Pois agora vou contar. Sim, vou contar sem tergiversações o que as mulheres realmente querem. Tudo por causa do Ricardo Carle. É meu amigo, o Ricardo Carle. Já contei sobre uma propriedade que ele tem de fazer cadeiras voarem? Acho que não. Conto outro dia. O importante aqui é que o Ricardo Carle é editor do caderno "Cultura" e, no último sábado, costurou uma bela edição sobre os cinquenta anos do livro *O segundo sexo*, de Simone de Beauvoir. Às folhas tantas, o texto relata o que Simone esperava de um homem, do seu homem – expectativa que se concretizou quando ela conheceu Sartre. Simone, está escrito, ansiava por saber quem haveria de ser o homem da sua vida. Quem deveria subjugá-la por sua inteligência, cultura e autoridade.

Arrá! Aí está uma frase que abalroa a testa do leitor como um gancho do Mike Tyson. Simone de Beauvoir disse com a precisão de uma cabeçada de Christian o que as mulheres realmente querem. Poder. Elas querem sentir que o homem tem poder. Não falo apenas do poder em estado bruto, mas do poder em suas formas tantas. Claro, diversas mulheres se deixam atrair pelo poder óbvio – o poder político, o poder do dinheiro, ou o simples poder selvagem de um homem que pisa no pescoço de outro homem.

Mas o poder tem muitas cores. Simone de Beauvoir queria sentir o poder intelectual de um homem. Um poder que a subjugasse. Foi a palavra que ela usou. Subjugação. Nenhuma mulher vai admitir, mas elas querem exatamente isso: sentir que o homem é forte, que ele pode protegê-las e mimá-las e ampará-las e dar-lhes guarida nesse mundo que, como um diretor de banco, jamais perdoa.

Agora, isso não quer dizer que elas queiram ser mandadas, seu animal! Elas não querem ser submissas; só querem ser subjugadas. Assim, ela vai testá-lo como uma criança testa um adulto, como um aluno testa o professor, como o funcionário testa o chefe, como um amigo testa o outro amigo. Ela vai usar de todos os ardis para descobrir até onde vai a sua têmpera, qual a extensão do seu poder. Ela vai, por exemplo, proibi-lo de ir jogar futebol com seus amigos. Então você deve dizer, serenamente: "Eu vou". E ela suspirará, aliviada.

Poder. Autoridade. Ela quer sentir que você tem autoridade. Ela quer admirá-lo, rapaz. Por isso, jamais, repito: jamais você vai poder fazer algo como sentar no colo dela. Ou usar o braço dela como travesseiro ao dormir. O contrário, sim. Ela pode sentar no seu colo. Pode usar seu braço como travesseiro. Você, não. Porque, ao cometer esse erro, você estará dando a ela, sem falar, não verbalmente, a sensação do poder. Quem senta no colo é sustentado, é amparado. Quem se aninha no ombro do outro é protegido durante o escuro aterrador da noite. E quem sustenta, ampara e protege é quem tem o poder. E você, rapaz, é quem deve ter o poder! Não ela.

Ela deve ter o mistério. Pois é isso que atrai o homem. O mistério. Não é por outro motivo que algumas ações também estão vedadas às mulheres. Se uma mulher quiser se manter misteriosa, inefável, sedutora, sobretudo sedutora, há diversas coisas que ela não pode nunca, vou sublinhar: nunca cometer. Tenho vontade de escrever sobre isso e, mais, escrever sobre a causa disso tudo, que nada mais é do que a podridão da intimidade. Mas aí, bem, aí é outra história.

Cuidado com as mães

O Clinton. Até parece que ele não tem mãe. E tem. Descobri isso dia desses. Perguntei ao Luiz Zini Pires, editor de "Mundo", de *Zero Hora*, e ele, peremptório:

– Tem mãe.

É que ninguém fala na velha senhora Clinton. Deveriam. Afinal, o filho dela chegou a sofrer um processo de impeachment. O Collor, quando passou por essa, todo mundo falava na mãe dele, dona Leda. Ela ficou tão mal com aquilo tudo que acabou se entrevando e morrendo. Já a mãe do Clinton fica quieta no Arkansas, só fazendo tricô e torta de maçã.

Acontece que esses anglo-saxões não ligam muito para mãe mesmo. Têm lá as mães deles, mas, depois de adultos, quase que as esquecem. Porque os anglo-saxões têm muito menos tolerância às vicissitudes da convivência familiar e às intromissões na vida deles em geral. Entendo a razão. Algumas das situações de maior constrangimento que já testemunhei ou de que fui vítima foram patrocinadas por mães. Sobretudo pela minha.

Tenho medo, muito medo, mais até do que de dentista, de enfrentar situações sociais nas quais minha mãe está presente. Eu lá, com meus amigos, e minha mãe sentadinha, olhando. Qual será o assunto entre eles e ela? O que meus amigos e minha mãe têm em comum?

A resposta é: eu! Essa é toda a tragédia: logo o assunto será, inevitavelmente, a minha pessoa. Aí vai acontecer aquilo que me inspira tanto pavor – minha mãe vai começar a falar de mim na minha presença como se eu não estivesse junto. Ela vai contar alguma historinha engraçada da minha infância. Meus amigos vão ouvir respeitosamente, sei, mas por dentro aqueles canalhas estarão rindo, gargalhando, e, mais tarde, será o sofrimento. Sim, o sofrimento.

Isso deve ter acontecido com você também. Fico imaginando-o acuado numa sala, cercado de amigos, com sua mãe falando ininterrupta e estridentemente:

– Vocês precisavam ver quando ele era pequeninho. Tão gordinho! A gente botou nele o apelido de Bolotinha. Como era lindinho, o Bolotinha – ocê ali, roxo, querendo ser engolido pela terra. – Uma vez, a gente deu um ursinho pro Bolotinha. Meu são Benedito, como ele gostava daquele ursinho! – Você suando.

– O Bolotinha não largava o ursinho de jeito nenhum, dormia agarradinho com ele. Chamava o ursinho de Tatata – e você querendo morrer.

É assim. Certa feita, quando eu tinha lá meus dezoito ou dezenove anos, minha mãe me deu um par de calças de presente. As calças não serviram. Então, tive de ir com ela até a loja para trocar por outras. Chegamos à loja e uma menina linda, sorridente, luminosa, poderia até ser minha futura noiva, essa menina estonteante veio nos atender. Minha mãe já saiu me apresentando:

– Esse é meu filho, aquele que eu falei, lembra? Ele não é bonitão? Olha como ele é bonitão!

A menina sorriu, sem comentar nada. Uma outra que estava no balcão, também linda, que também poderia ser minha futura noiva, se aproximou para testemunhar o meu suplício. Rapidamente, tentei uma manobra diversionista. Escolhi duas ou três calças e fugi para o provador. Enquanto tirava as calças, ouvia, em pânico, minha mãe revelando meus hábitos e peculiaridades para as duas moças. Já estava suficientemente arrasado, mas o pior estava por vir. Quando estava sem calças, só de cueca e meias, ela fez. Minha mãe fez: abriu o provador. Puxou a cortina. Escancarou-a. Eu ali, com as calças na mão, exposto, mudo, vermelho, e as duas meninas lado a lado, me olhando. Rindo. De mim, claro, rindo de mim, enquanto a minha mãe colocava a cabeça para dentro do provador e gritava:

– Deixa eu ver como ficou!

Vou te dizer, Bolotinha: talvez o Clinton tenha mais sorte do que pensa.

O Gre-Nal e as coxas

Sabem qual é uma das minhas lembranças mais intensas quando se aproxima um Gre-Nal? Coxas. É, penso em coxas. Não qualquer coxa, mas uma determinada, específica, morena, lisinha, ah... Já sei, vão me chamar de tarado: até quando o assunto é Gre-Nal, esse cara pensa em sexo! Mas, calma, não é bem assim. É que foi um Gre-Nal especial e um par de coxas especiais. Na verdade, minhas primeiras coxas.

Hoje talvez seja difícil de entender, mas naquela época não havia coxas e seios em abundância como agora. Pelo menos não para nós que tínhamos doze, treze, catorze anos. As relações humanas não eram tão avançadas no subúrbio porto-alegrense ali pelo começo dos anos 70. O guri precisava arregimentar a coragem de todos os seus ancestrais para se aproximar da menina e propor:

– Quer namorar comigo?

E ela sempre respondia, miseravelmente:

– Vou pensar.

Mas acabava aceitando, e aí começava a trabalhosa negociação do beijo na boca. Oh, Deus, como era difícil conseguir beijar na boca. E, depois de conquistada a boca, quem dispunha da perícia necessária para se deleitar adequadamente com ela? Aquilo de línguas entrelaçadas, entrechoque de dentes, troca de salivas, tudo aquilo funcionava muito bem nas novelas, mas ali, no tête-à-tête, no cara a cara, na hora da verdade, por favor, não era tão simples!

Pois eu e essa minha namorada, a das coxas, beijávamo-nos na boca. Eu já havia atingido esse estágio. Língua e tudo. Beijos demorados, olhinho fechado, hmhmhmhmhm e talicoisa. Ela era a morena mais rutilante do IAPI e adjacências. Não vou revelar seu nome porque ela hoje está casada, anda por aí, sabem como é, pode pegar mal. Mas era linda, linda. A turma ficou com ciúme quando eu comecei a namorar com ela. Havia um guri, um xarope lá do outro bloco de edifícios, que ficou especialmente furioso. Começou a me provocar. Um dia, vínhamos passando eu e o meu amigo Jorge Barnabé, e ele gritou, cheio de ironia:

– Lá vão o linguiça e o quase feio!

Paramos.

– Que que tu tá inticando aí, ô, bobalhão? – rosnei.

– Quem é bobalhão?

– Tu!

– Ah, é?

– É! Tu e a tua mãe!

E foi aquela briga.

Depois, eu e o Jorge ficamos em dúvida. Quem seria o linguiça? Quem seria o quase feio? Os dois éramos magrelas, ambos poderíamos ser tachados de linguiça. E, honestamente, nenhum de nós ganharia vaga de galã na Globo. Podíamos ser quase feio. Pensei, pensei, e disse:

– Acho que tu é o linguiça, Jorge.

– Então tu é o quase feio! Quá-quá-quá!

Aquilo me desorientou. Quase feio, não! Mudei de ideia:

– Pensando bem, acho que tu é o quase feio!

E o Jorge, gargalhando, apontando o dedo para o meu peito:

– Linguiça! Quá-quá-quá!

E eu:

– Não!

Tudo porque o xarope do outro bloco queria namorar com a minha namorada. Mas quem namorava com ela era eu. E beijava na boca. De língua! Se bem que era só. Nada dessas modernidades de seios e coxas, não mesmo. Uma tarde, ela até me testou:

– David, tu ia querer transar comigo?

Disse isso espreguiçando-se toda, cheia de curvas, uma serpente em volta de um tronco. Eu dei um salto de surpresa e alegria:

– Claro que sim! – gritei.

Era uma cilada. Ela respirou fundo, balançou a cabeça e disse, lamentando-se, antes de ir embora em passo marcial, simulando fúria:

– Sabia que não podia confiar em ti!

Tive o maior trabalho, depois, para convencê-la de que eu me referia a uma transa espiritual, elevada, nada da volúpia da carne. Não sei se ela acreditou muito.

Aí chegou o dia do Gre-Nal. Dia, não; noite. Não fui ao estádio. Quando a bola começou a rolar, fomos escutar a transmissão no carro do pai dela, que, aliás, era bem brabo. O carro era um Fusca, ou uma Variant, ou um Corcel, algo do gênero. Verde. Isso é certo: era um carro verde.

Pois bem, sentei no banco do motorista do Corcel verde, liguei o rádio e sintonizei no Ranzolin. Comentários do Ruy e do Lauro, os dois juntos! E bola e bola e bola, e eu abracei a minha namorada. O Grêmio tinha Zequinha, Tarciso e Nenê no ataque, o Inter tinha Falcão, Carpeggiani e Escurinho no meio-campo e a minha namorada usava um short branco curtinho que, ai, deixava ver as bochechas das nádegas dela. Como eu gostava daquele shortinho.

Lembro que foi quando o Ranzolin descrevia uma evolução de Iúra e Cacau até a meia-lua da área do Inter que eu abracei minha namorada pela cintura. Foi uma boa ideia aquela, abraçá-la pela cintura. Assim como, para o Inter, foi muito bom o Figueroa ter parado o ataque do Grêmio com falta.

A cintura dela estava bem cingida pelo meu braço, sentia o calor do seu corpo e a maciez da pele do seu rosto contra a do meu. E o seu cheiro, aquele cheiro moreno e quente... O Escurinho andou cabeceando na área do Picasso e, em resposta, o Grêmio saiu em contra-ataque na velocidade do Tarciso. O Ranzolin gritava que o Tarciso ia e ia e ia e quem ia era a minha imaginação e a minha mão. Imaginava o Tarciso indo e indo e indo e lá se ia minha mão também pelo shortinho e abaixo dele e o Tarciso dando o passe para o meio da área e a minha mão descendo e o Zequinha pegando a bola e a minha mão ia chegando e o Zequinha ajeitou, eu ajeitei também, ela não falou nada, não fez nada, a defesa do Inter parou e... coxa! Botei a mão pela primeira vez numa coxa feminina. Cristo. Cristo! Que sensação. Fiquei o resto do jogo ali, sentindo a pele perfeita, de avelã, o músculo rijo, os contornos suaves, e nem acreditava, apenas sorria e tonteava e me sentia desfalecer numa vertigem doce, doce. Que noite, aquela. Que jogo.

O Rochenrou

O Rocha era o bom. Era o maior. Entendia tudo de eletrônica. Montava e desmontava coisas. Consertava os eletrodomésticos das mães de todos. Queria ser engenheiro. Nas reuniões dançantes, ficava sempre encarregado do som. Puxava um fio daqui, montava um amplificador ali, selecionava as músicas. Era o DJ oficial. Festa de verdade tinha de ser animada pelo Rocha. Tornou-se tão famoso como DJ que o chamavam de Rocha'n'roll.

– É bom, esse Rochenrou – dizia o pessoal.

Uma vez, uma menina, linda, linda, chegou para o Rocha numa reunião dançante e miou:

– Bota uma do Neil Sedaka?

O Rocha passou a noite botando Neil Sedaka. Rodou todos os discos do Neil Sedaka. Um ano depois, já formado em engenharia, casou-se com a menina. Mais tarde, acabaram se mudando. Saíram do Estado. Tiveram filhos. Tempos atrás, Rocha e família retornaram a Porto Alegre.

Dia desses, os amigos da filha adolescente do Rocha resolveram fazer uma festa. Quem foi escolhido como DJ? Ele. O velho Rochenrou estava de volta.

– Ele era o máximo – garantia a mãe, suspirando à lembrança das execuções do Neil Sedaka.

– O Rochenrou! O Rochenrou! – gritava entusiasmado um velho amigo da família.

A filha e os amigos o olhavam com admiração. O Rocha, modesto, apenas sorria. À noite eles iriam ver o que era uma sonzeira!

Mas havia um problema. A coisa musical mais nova que o Rocha conhece é Bee Gees. E ele ainda dança girando os polegares e apontando para o teto com o indicador. Ou seja: na hora da festa, a gurizada começou a achar estranho. O Rocha, mais estranho ainda. Por que ninguém se animava com aquele Alice Cooper furioso? Decidiu experimentar uma lenta. Isso, uma lenta poderia incendiar os apaixonados corações adolescentes. Peter Frampton! Claro, Peter Frampton jamais falhava.

Aos primeiros acordes, começou o burburinho de indignação. A filha do Rocha foi lá:

– Que é isso, pai? Tá de sacanagem?

O Rocha não entendia nada. Foi quando um rapazote buscou alguns CDs de pagode no carro.

– Bota aí um Katinguelê! – ordenou a filha, já irritada.

O Rocha obedeceu, aflito. Só que havia outro probleminha. O Rocha não conhecia as músicas. Analisou os títulos. Escolheu um que lhe parecia “quente”. Deu-se mal. Alguns adolescentes se retiraram, dizendo que tinham um compromisso na Nilo Peçanha. Outros estavam passando a um estágio perigosamente agressivo. A festa acabou. Desde então, a filha do Rocha não fala mais com ele, enquanto a mulher, volta e meia, acusa-o em casa:

– Também, tu não botou nada do Neil Sedaka!

A RUA DA TENDINHA

Vai em dez, em cinco vira! O gordinho, coitado, já se arrastava para o gol. Ficava lá, com as mãos nas dobras da cintura, resmungando que não lhe davam chance de mostrar seu futebol, entre uma trave feita de meio tijolo e outra de um par de Havaianas que não deformavam, não soltavam as tiras e não tinham cheiro. O melhor campinho não era um campinho. Era um areão que separava dois blocos de edifícios da Vila do IAPI, apelidado de "rua da tendinha", porque lá havia, claro, um pequeno armazém de secos & molhados.

A jogada preferencial era pela esquerda. O ponta Ricardinho tinha velocidade e um drible curto, de palmo e meio. Chutava forte. Um dia, o pessoal jogava três-dentro-três-fora e a bola sobrou para aquele pé esquerdo dele. Saiu oval, tamanha a bomba. Passou zunindo acima da cabeça do gordinho, desapareceu atrás do muro do conjunto de edifícios e então se ouviu um ruído seco, pã!, e um gemido, aaaahn, de dor. Os dois times, menos o gordinho, se dependuraram no muro e viram a cena: uma senhora, já entrada em anos, jazia na calçada, braços abertos como o Cristo Redentor, pernas para cima, óculos para um lado, bolsa para outro, a bola lá adiante, ainda quicando, já inofensiva.

A primeira reação de todos foi sair correndo. Só que alguém precisava resgatar a bola, objeto por demais precioso naquele tempo. Bola de couro, número cinco, como aquela, era coisa rara. Quando fazia uma vaquinha, no máximo, no máximo a turma conseguia comprar uma dente de leite de plástico duro, que sugava a pele do infeliz que levasse uma bolada. Só o Zé Fernandes tinha bola de couro número cinco. Todas as tardes, uma comissão ia pedir a bola para o Zé Fernandes. Primeiro, diplomaticamente, o convidavam para jogar. Era um bom centroavante o Zé. Sempre fazia gol. Podia não estar jogando nada. De repente, a bola batia nele e entrava. Gol do Zé. Era sempre assim. Mas às vezes ele não podia jogar. O pai não deixava. Obrigava o pobre a ficar estudando. Nesse caso, o jeito era implorar pelo empréstimo da bola.

A muito custo, o Zé Fernandes emprestara a número cinco naquele dia. Perdê-la, portanto, era inadmissível. Alguém precisava ir buscar. O lateral direito Barnabé foi escalado para a missão. Magrinho, pernas compridas, pulmão para ir de uma linha de fundo a outra três vezes seguidas, só o Barnabé reunia condições para apanhar a bola e correr tanto que nenhum dos vizinhos, que já chegavam para socorrer a pobre senhora, o alcançasse. Foi o que fez. Foi o que fizeram todos. O Barnabé com a bola debaixo do braço, o Ricardinho choramingando de pavor, o gordinho lá atrás.

Tudo bem, tudo certo. Os jogos continuaram lá na rua da tendinha. Até que, uma tarde, uma patrola botou a tendinha abaixo, o terreno foi aplainado, recapado com cimento e transformado em estacionamento de uma gráfica enorme. Era o fim das peladas na rua da tendinha. Foi então que se começou a notar que os campinhos e os terrenos baldios estavam desaparecendo, dando lugar a prédios, estacionamentos, postos de gasolina, bancos. Alguns cronistas passaram a alertar que aquilo poderia significar o fim do futebol brasileiro. Como surgiriam os Pelés, os Garrinchas, os Tostões e os Rivelinos se os garotos não tinham mais lugar para jogar? Então o futebol brasileiro ganhou outra Copa do Mundo. E começaram a aparecer Rivaldos, Denílsons, Giovannis, Djalminhas. E Ronaldinho, que é singular, apelidado pela revista semanal do *El País* de "El Extraterrestre". Eles estão aí, com tanto fôlego quanto o lateral Barnabé, com tanta habilidade e chute tão forte quanto o ponta Ricardinho. Mas como eles estão aí, se os terrenos baldios, os campinhos de pelada, as ruas da tendinha, enfim, desapareceram? De onde eles vieram? De onde?

O neguinho e o Bezerrão

Ninguém ia à linha de fundo pela lateral direita do Canarinho. Ninguém. Lá reinava inconteste o Bezerrão. A mera citação desse nome causava diarreias nos mais bravos pontas do futebol varzeano não só do IAPI, onde o Canarinho mandava absoluto, mas de toda a região metropolitana.

Bezerrão não era exatamente um virtuose da bola. Nunca na vida deu um passe de trivela, jamais driblou um adversário. Matar no peito, então, nem em sonho. Quando a bola vinha em sua direção, na circunstância que fosse, estivesse ele onde estivesse, saía-se com uma jogada típica: um chutão para o além, para a eternidade. Bezerrão chutava a bola com tanta gana que parecia odiá-la. Não queria saber dela por perto.

Mas, se o Bezerrão odiava a bola, tinha especial ojeriza por ponteiros e assemelhados. Corriam, pelo IAPI e arredores, as lendas mais arrepiantes sobre tíbias, perônios e fêmures triturados pelas chuteiras homicidas do Bezerrão.

Diga-se, em sua defesa, que, se não fosse provocado, não fazia mal a ninguém. Ficava lá, na lateral direita do campo do Alim Pedro, sempre sério, rosnando e cofiando o bigode, as pernas cambotas fincadas ao solo como dois troncos arqueados, a gloriosa camisa do Canarinho estourando nos músculos de pedra dos braços. Se ninguém aparecesse por lá, tudo bem, os dois times sairiam intactos do gramado. Mas, se um ponteirinho desavisado resolvesse explorar a lateral direita do Canarinho, com a bola, ainda por cima, ai dele. Ai dele.

Por isso, ninguém ia à linha de fundo pela lateral direita do Canarinho.

Até o dia em que apareceu aquele crioulinho.

Era pequeno, magricela, fraquinho. Jogava no time da Vila Santa Rosa. Não lembro o nome dele. Só sei que, quando entrou em campo, toda a torcida em volta do alambrado do Alim Pedro riu. Coitado do neguinho. Ia enfrentar o Bezerrão. Ia morrer sob as travas do Bezerrão. Na saída de jogo, o centroavante deles esticou a bola para a ponta esquerda, entre o Bezerrão e o neguinho. O Bezerrão correu. O neguinho correu. Todos, no estádio, prenderam a respiração, aguardando o som de ossos se quebrando, o grito de dor do neguinho, o urro sádico do Bezerrão.

Então o impossível aconteceu.

O neguinho chegou antes na bola, saiu jogando, foi à linha de fundo e cruzou. O estádio inteiro bramiu num "óóóóó" de incredulidade. O Bezerrão havia sido driblado. Alguém fora à linha de fundo pela lateral direita do Canarinho. Inacreditável. Mas era verdade. Dois minutos depois, a bola pingou na lateral direita de novo. O Bezerrão rilhou os dentes. A torcida toda rilhou os dentes. O neguinho corria. O Bezerrão corria. O choque era inevitável. E aconteceu. Dividiram a bola. Alguém ousara dividir a bola com o Bezerrão! Uma nuvem de grama e poeira envolveu os dois combatentes e, quando ela baixou, o Bezerrão estava lá, deitado, de pernas para o ar. O neguinho? O neguinho estava na linha de fundo, cruzando a bola. A torcida, a princípio, ficou muda. Depois, começou a aplaudir o neguinho e a vaiar o Bezerrão. No final do jogo, ele já era chamado de mãezinha. Ele, o Bezerrão, o rei inconteste da lateral. Mudou-se o Bezerrão. Foi para a Zona Sul, onde, dizem, caminhava solitário pelas praias do Guaíba falando sozinho, falando e falando e falando.

O umbigo da Tia Cecília

Não resta a menor dúvida: o destaque do verão é o umbigo. Não os grotescos e cabeludos umbigos dos homens, mas os umbigos de seda das mulheres. Nesta temporada, elas resolveram exibi-los corajosamente, mesmo longe da orla. Basta dar uma voltinha pela Rua da Praia para encontrá-los em todos os matizes, nas mais variadas conformações e espessuras. Há umbigos enxutos e umbigos rechonchudos, umbigos rasgados e umbigos de bolota, umbigos bronzeados e umbigos desbotados, umbigos lustrosos e umbigos com funflas, que, como o Verissimo já ensinou, é a sujeirinha do umbigo.

Há muito, muito tempo, minha tia Cecília revoltou-se com o seu umbigo. Não se sabe bem o que houve entre eles, mas deve ter sido grave, porque um dia ela procurou um cirurgião, levantou a blusa e ordenou: "Tira". O médico tentou argumentar, disse que o umbigo dela não tinha nada de errado, que era um bom umbigo, simpático até, mas não adiantou. Tia Cecília estava decidida. Deitou na mesa de operações sorrindo e, ao levantar, seu umbigo jazia numa cesta de lixo vulgar. Tia Cecília saiu toda pimpona de barriga lisa.

Tudo foi bem, enquanto a falta de umbigo da tia Cecília permaneceu no recesso do lar – sim, porque, naquela época, os umbigos não eram expostos ao julgamento público como hoje. Mas o verão chegou. Tia Cecília foi à praia e, ansiosa por mostrar a novidade ao mundo, enfiou-se valentemente num biquíni. Era um biquíni pequeno. Se houvesse umbigo, não haveria como escondê-lo. Logo, era inevitável que a ausência dele também fosse notada. Totalmente sem umbigo, tia Cecília caminhou serpenteante rumo ao mar. Em seu primeiro passeio pelas franjas do Atlântico, os banhistas notaram que havia algo de estranho naquele veraneio. Em pouco tempo, a falta de umbigo da tia Cecília foi constatada. A notícia varreu a praia como o Nordestão. Tia Cecília virou atração no Litoral. As pessoas a cercavam na areia para ver – ou melhor, não ver – seu umbigo. As criancinhas a apontavam na rua. Era a mulher sem umbigo.

No Carnaval, tia Cecília não ousou se fantasiar de odalisca. Estava envergonhada por não ter mais umbigo. Até tentou reavê-lo, consultou especialistas, mas era tarde. Ficou sem umbigo para sempre. Hoje, com esta orgia de umbigos ao vento, com certeza ela anda nostálgica, olhando para a barriga já sem a textura da juventude e suspirando de saudade do umbigo perdido.

Como é saudável a hipocrisia

Sempre digo: se quiserem falar mal de mim, por favor, façam-no pelas costas. É constrangedor quando uma pessoa sevicia as normas da boa e educada hipocrisia e começa a dizer, para mim, exatamente o que pensa de mim. A não ser que seja elogio. Civilização é hipocrisia. Se não fosse a mentira, ainda estaríamos dando de tacape na cabeça das mulheres, arrastando-as pelos cabelos, possuindo-as, entre grunhidos, no solo duro das cavernas. Está certo, talvez você ache isso uma boa ideia, mas, lembre-se: a civilização também nos deu o chuveiro elétrico e o lombinho com queijo do Barranco.

Logo, minta.

Mas você deve saber mentir. Não é qualquer mentira, assim, no mais, que vai contribuir para a melhoria das relações entre as pessoas e o progresso da humanidade. Você deve, por exemplo, mentir sempre para a sua mulher. Jamais – atenção: jamais! – diga que o corte de cabelo novo dela ficou medonho. Seria uma sinceridade inútil. Outra pessoa, mais burra e menos comprometida com ela do que você, vai acabar dizendo isso. Ou ela vai se olhar no espelho e perceber. Além do mais, o cabelo já está cortado mesmo e, inexoravelmente, crescerá outra vez. Diga que ela fica maravilhosa com qualquer corte, pronto.

Também não seja imbecil de comentar sobre como é linda aquela amiga dela – você nunca mais poderá olhar em paz para as infinitas pernas de cetim da amiga sem que ela fique vigiando feito um dobermann com mania de perseguição. E, cuidado, mesmo que você não fale nada sobre a moça, ela vai testá-lo. Vai observar, como que casualmente:

– É bonita a Fernanda, não é?

Aí você, malandro, vai bancar o distraído. Vai levantar os olhos do jornal e balbuciar, sem trair o menor interesse:

– Ahn? Quem?

– A Fernanda...

– Fernanda... Fernanda... Ah, aquela magricela? Não é meu tipo.

Minta, rapaz!

Agora, há situações em que a verdade é mais do que obrigatória; é uma arma. Se ela chegar para você e fizer uma pergunta tipo:

– Tu te encontraste com a Tatiana ontem?

Diga a verdade, rápido e firmemente. Porque ela já sabe que você se encontrou com a Tatiana! A regra é simples: perguntas específicas exigem respostas verdadeiras. Mesmo que lhe seja repugnante falar a verdade, se a pergunta vier com datas, locais e personagens definidos, não há outra saída além da sinceridade.

E aí chego nos dirigentes de futebol em geral e nos do Grêmio em especial. O Grêmio se notabilizou por ser um clube germanicamente fechado, com uma frase como divisa, cunhada nos anos 70 pelo dirigente Rudi Armin Petry:

– Isso é um assunto de economia interna do clube.

Economia interna. Todo assunto pedregoso é de economia interna do clube. Quer dizer: os dirigentes não falam sobre o tema. Se falam, mentem. Esse comportamento se tornou padrão no Grêmio. Em todos os clubes, é verdade, mas no Grêmio como instituição.

Há mentiras compreensíveis – às vezes, uma notícia faz malograr uma contratação ou liquida uma carreira. E há mentiras desinteligentes. A sequência de despistes grosseiros e mentiras ralas do episódio Guilherme Colidindo com o Muro só prejudicou o Grêmio e o jogador. Por uma semana, a imprensa e a torcida ficaram repoltreando-se no caso, escarafunchando a ferida aberta na cabeça do centroavante em busca da verdade óbvia. Tsc, tsc. Essa é a genuína mentira obtusa. Sorte que só se tornou normativa em alguns clubes de futebol, partidos políticos ou escritórios de advocacia. Caso contrário, estaríamos acertando bordoadas nas cabeças das mulheres e possuindo-as no escuro das cavernas. O que, já sei, já sei, talvez você ache boa ideia.

A MULHER DO CENTROAVANTE II

Que mulher era a mulher do centroavante. Que mulher. Paralelepípedos amoleciam à sua passagem. A grama verdejante se tornava mais verde ao ser acariciada por seus pezinhos de fada. Quando entrava em uma sala, todos se calavam. A temperatura aumentava. As cabeças se voltavam para ela. Escravizava olhares a mulher do centroavante. Mas foi a desgraça dele. Sim, sim, aquela mulher foi a perdição do centroavante do Huracán, time lá do IAPI. Isso que ele era uma brabeza, um buldogue com dor de dente, um bugio. Mas aquela mulher acabou com ele. Acabaria com qualquer um, talvez. Porque aquela mulher, a mulher do centroavante, era mesmo uma mulher inadministrável, era uma Previdência Social.

Existe uma certa qualidade de mulheres que inexoravelmente comete estragos como os que aquela, a do centroavante, cometeu. Lembram da morena que surgiu na vida do meia Gessy, do Grêmio? Pois é. Os contemporâneos de Gessy vivem comentando sobre a tal morena, mas o fazem à socapa, ciciando pelos cantos. Dizem que, depois de conhecê-la, Gessy não pensava em outra coisa. Esqueceu do Grêmio, esqueceu da bola, esqueceu dele mesmo, até fenecer de paixão. Dizem.

Uma mulher assim, como a que transpassou a vida de Gessy, como a do centroavante do Huracán, uma mulher dessas pode ser usada como uma arma. E usam, no futebol. É disso que Fabiano, do Inter, tem medo. Não é da truculência dos laterais, nem da fúria dos volantes, mas das mulheres. De uma em especial. Ela apareceu uma tarde dessas no Beira-Rio, ao fim de um treino. Era morena, langorosa, olhar blasé. São as mais perigosas, as langorosas de olhar blasé. Talvez tenha sido isso que fez soar o alarme em algum recôndito do cérebro de Fabiano. Ficou desconfiado. Mais ainda quando ela se apresentou como jornalista. Não tinha jeito de jornalista. Não. De terrorista, quem sabe, guerrilheira mercenária. Algo bélico, com toda a certeza. Jornalista, não.

Mas ela se apresentou como jornalista. Fez perguntas com uma voz quente, queria saber coisas sobre ele, onde morava, seu telefone. E ele cada vez mais desconfiado, respondendo com monossílabos, meias palavras. Então ela desferiu um sorriso. E foi isso mesmo que ela fez: desferiu. Seu sorriso era um tacape. Acertou com ele os olhos de Fabiano, e ele estremeceu, sentiu o fogo correndo por suas veias, incendiando o seu rosto, crepitando no coração. Fabiano percebeu que ia cair ali mesmo, como se tivesse sido aterrado por um lateral. Ia se jogar aos pés dela, enrolar-se neles e ronronar como um gatinho. Ela era o próprio perigo, aquela morena langorosa de olhar blasé. Não podia ser real, era uma armadilha, tinham armado uma cilada para ele, só podia ser isso.

Fabiano fugiu. Sim, Fabiano fugiu. Reuniu forças nem sabe de onde, mas fugiu. Tomou a decisão mais sensata, com certeza, e sabe disso, apesar de que, às vezes, ele lembra com uma ânsia e uma ranhura de arrependimento daquela morena langorosa de olhar blasé, uma morena bélica, realmente perigosa, que poderia ser sua perdição, sua desgraça, seu fim, enfim. Ou não.

O café do dia 23

Jamais esquecerei aquele 23 de janeiro. Era uma sexta-feira. Foi nesse dia, às 15h01, mais precisamente, que bebi o pior café da minha vida. Sim, foi o pior, o mais horrendo café de toda a minha existência. O que não é pouco, uma vez que bebo uma média de cinco copinhos por dia, um total de 1.825 por ano. Pois o café do dia 23 superou todos em ruindade.

Não sei o que aconteceu, todos os dias bebo café da mesma máquina, no bar da Redação. É sempre um café bom. Mas, naquele dia, no dia 23, o café tinha um gosto malévolo. Parecia um expresso comum, e não era. O Mal estava naquele café. Sim, o Mal. Jamais esquecerei daquele café.

Ora, por que falo no café do dia 23?! Exatamente porque jamais esquecerei dele. Assim como jamais esquecerei aquela dominada. Não é comum as pessoas se lembrarem de uma dominada de bola, mas quem, aí, lembra do seu pior café?

A dominada foi de autoria do Paulo César Carpeggiani. Isso: uma dominada com autor. Poderia ter sido autografada. Foi num Gre-Nal. A bola estava presa entre os dedos retorcidos do Manga. Os dedos do Manga realmente eram de assustar, pior mesmo só a sua cara bexiguenta. Mas isso é outra história.

Naquele Gre-Nal, Manga, sem demora, lançou a bola para o meio do campo. Carpeggiani a aguardava, atento como a mãe da primeira namorada. Atrás dele, Iúra bufava e rosnava. A bola chegou alta, com força. Carpeggiani levantou a perna direita. Amorteceu a bola com o peito do pé. Com ela ainda no ar, rolou-a pela chuteira até o lado externo, quase no tornozelo. Então, girou sobre sua perna esquerda, sempre com a bola cativa, fez um meneio com a cintura e deu a impressão de que sairia pelo lado direito. Iúra deu o bote para lá. E ele foi para cá. Iúra se passou da jogada como o Ipiranga-PUC lotado. Um passo depois, Carpeggiani já estava com ela na grama, uma clareira à sua frente, portas escancaradas até o gol de Picasso. Uma inesquecível dominada de bola.

Carpeggiani era assim, simplificava o jogo. Com sua cabeça de enxadrista, de quem sempre está dois lances à frente do adversário, saiu do maior time da história do Inter e foi organizar o maior da história do Flamengo. Primeiro, Carpeggiani foi o maestro do meio-campo; depois foi para o banco, tornou-se técnico e conquistou o campeonato mundial interclubes.

O Flamengo, agora, está cheio de jogadores valiosos. Poderia formar um time parecido com aquele do fim dos anos 70, começo dos 80 (só parecido, porque igual nunca mais vai ter). Mas falta ao Flamengo justamente uma cabeça, um Carpeggiani, um jogador capaz de dizer aos outros, em campo, o que eles têm de fazer. Carpeggiani era um cracaço, e só um cracaço como ele poderia ser autor de uma dominada de bola eterna. Uma dominada de bola que merecia ser autografada.

O PINTOR ESTÁ?

Ela era dona do que, na época, chamava-se rendez-vous. Ou bas-fonds. Ou casa de tolerância. Prostíbulo, enfim. Um lupanar renomado em toda a cidade. Em todo o estado, até. Situava-se na Cristóvão Colombo. A proprietária carregava, de batismo, o nome Rebeca. Pseudônimo Bequinha. Seu telefone: 2126 – na época, década de 40, os telefones tinham apenas quatro números. Quem me contou a história foi o Salim Nigri, chefe da torcida do Grêmio em 1946.

Salim disse lembrar as minúcias da Bequinha, volumosa, vestida de pijama de seda, gentil com a clientela, feliz à porta do bordel. Bem, por uma misteriosa razão, havia certa frase que, dita ao telefone, desencadeava uma fúria bíblica na Bequinha. Era a seguinte: o pintor está? Só isso, o pintor está. Ligasse quem ligasse, identificado ou não, se Bequinha ouvisse "o pintor está", saía a desancar o indivíduo e toda a família dele, seus antepassados e descendentes até a quarta geração.

Salim não conhecia essa história. Foi então que um amigo dele pediu um favor:

– Salim, amigão, estou reformando a minha casa e o pintor não apareceu para trabalhar. Ele e a mulher dele conhecem a minha voz e tenho medo que me deem um despiste se eu ligar. Tu podes telefonar para ele no

2126 e perguntar à mulher que atender se o pintor está? Só isso: o pintor está?

O Salim podia, claro que podia, ele é um amigo prestativo. Ligou para o 2126 e, todo cerimonioso, perguntou:

– Minha senhora, por obséquio, a senhora poderia me fornecer uma informação?

Ela:

– Sim?

– Eu gostaria de saber, por favor: o pintor está?

O Salim sentiu a eletricidade do outro lado da linha.

– Está, sim – rosnou ela. – Está lá atrás, com a tua mãe, pegando o pincel e...

O resto é impublicável. O fato é que, a partir dali, o Salim fez a brincadeira com outros amigos e esses com outros e os outros com outros, a cidade inteira ligava para a Bequinha, não se passava um dia sem que alguém ligasse para o 2126 e perguntasse:

– O pintor está? – E o mundo vinha abaixo pela rede telefônica.

O pintor está?

O Salim é um virtuose da narração de histórias. Essas da década de 40 ele acumula às dezenas. Mas o que importa aqui, o sentido de tudo isso é saber o que leva as pessoas a escolher um time para torcer. E o Salim emprega o seu predicado de bom contador de histórias exatamente para esse fim – para conseguir conversões ao gremismo. Salim tem netos, sobrinhos, afilhados, e todos eles têm amiguinhos. Quando o Salim pode, requisita um deles, ou vários, para contar-lhes histórias. Nada como o caso da Bequinha. Histórias da carochinha, na maioria. Com um pequeno implemento: a participação de personagens colorados. Não qualquer personagem, mas tão somente o vilão. A história contada pelo Salim fica desse jeito:

– Aí o Colorado Mau ofereceu a maçã envenenada para a Branca de Neve...

As crianças ficam apavoradas, os olhos saltando das órbitas feito duas bolas de pingue-pongue, as bocas escancaradas, tremendo de medo dos colorados flibusteiros, sentindo já o gremismo a correr nas veias, a bombear o coração. Salim garante que é uma tática quase infalível.

Quase. Uma vez, ele contava a história de Joãozinho e Mariazinha para um neto. Os dois irmãozinhos aprisionados pelo Colorado numa gaiola. Todos os dias, o Colorado pegava no dedinho deles para sentir se estavam gordos, prontos para o abate.

– O Colorado queria devorar as criancinhas. O Colorado devora criancinhas! – urrou o Salim, a voz ecoando da sepultura. Ao que o menino observou:

– Vô, eu quero ser colorado.

– Quê? – O Salim caiu para trás. – Mas por quê?

– Eu quero devorar criancinha!

Vejam as coisas que motivam as pessoas a escolher um time. Verdade que algumas nem escolha têm. Caso do meu amigão Léo Gerchmann. O Léo é jornalista da *Folha de S.Paulo*. Gremistão. O pai dele, Henrique Gerchmann, é conselheiro do Grêmio e mais gremistão ainda. Acontece que o tio do Léo, Bóris, é colorado. Mais: o Bóris jogou no Inter. Era ponteiro-direito na época do Rolo Compressor. O que significava tornar-se um reserva conformado, porque o titular da ponta-direita do Rolo era ninguém menos do que Tesourinha.

Certo. Bóris era reserva. Mas e daí? Isso não o impedia de ser colorado até a raiz dos molares. Quando o Léo era pequeno, tio Bóris engendrou uma campanha para transformá-lo em torcedor do Inter. Tanto fez, tanto falou, que, numa noite, durante o jantar, Léo avisou ao pai que estava vacilando, talvez decidisse torcer pelo Inter, vinha pensando no assunto. Ante a apostasia revoltante no seio da própria família, o velho Henrique não hesitou. Tirou o prato de comida da frente do filho, expulsou-o da mesa e sentenciou, dedo em riste, olhar de fogo como o do Anjo Vingador:

– Enquanto tu fores meio colorado, não vais comer!

Léo se tornou gremista para não morrer de fome.

A CORUJINHA

Arthur estava prestes a assestar a aliança no dedo de Luciana, quando algo chamou sua atenção. Ele nunca descobriu exatamente o que foi, se um ruído, uma movimentação estranha dos convidados, uma tossida ou um pigarro mais forte de alguém, nunca soube o que foi. Mas foi o suficiente para que seu olhar adejasse pela sala, borboleteasse de um canto a outro, até pousar nos olhos cor de mel da morena. Olhos vivos.

Maliciosos. Olhos que sorriam. Para ele. Sim, sorriam para ele! Então, Arthur lembrou da corujinha. Do único olho aberto da corujinha. E isso mudou tudo.

A corujinha. Tratava-se de uma pequena estatueta de porcelana, uma imagenzinha do tamanho de uma ameixa. Luciana lhe dera de presente numa circunstância especial – Arthur passava por um momento difícil da sua carreira. Era centroavante de um time do Interior, não muito longe de Porto Alegre, e fazia já quatro meses que não marcava um gol. Quatro meses. Dezesseis jogos. Mil quatrocentos e quarenta minutos. Oitenta e seis mil e quatrocentos segundos! Uma eternidade. A torcida vaiava sempre que tocava na bola e só não fora exilado para o banco de reservas porque o técnico gostava dele.

Aí, Luciana lhe deu a corujinha. Luciana era uma fã antiga. Dessas que viviam rondando o estádio, implorando por autógrafos, gritando o nome dele nos treinos. Foi justamente depois de um treino que ela se chegou e colocou um objeto na mão dele.

A corujinha.

– Pra te dar sorte – disse.

E não é que, no dia seguinte, Arthur marcou três gols? Três! No outro jogo, mais três. Depois, um. E outro. E mais outro. E ainda outro. A torcida passou a gritar o seu nome:

– Rei Arthur! Rei Arthur!

Um dia, ele viu Luciana no shopping. Acenou para ela. Ela sorriu. Ele se aproximou. Três beijinhos.

– A corujinha me deu sorte mesmo – disse ele.

– Eu sabia que ia dar – respondeu ela.

Ele gostou do jeito confiante de Luciana. Convidou-a para um cineminha. Outro dia, um chopinho. Noutro, um jantar. Adquiriu o hábito de visitá-la sempre entre as concentrações. Luciana lhe transmitia segurança. Tinha opinião a moça. Arthur foi se afeiçoando a ela. Era uma boa namorada. Exagerava um pouco no ciúme, está certo, mas, bem, ciúme, todos dizem, é prova de afeto...

O que lhe incomodava mesmo era a corujinha. Todos os dias, Arthur acordava, olhava para o lado, para o seu criado-mudo, e a primeira coisa que via era o único olho aberto da corujinha, vigiando-o. Arthur a encarava desconfiado. Seria realmente enfeitiçada? Seria ela a responsável pelos gols que continuava a marcar? E seria também a corujinha que o ligava a Luciana? Que fizera intumescer o seu afeto por ela?

Todos os dias, tudo igual. Arthur acordava, olhava para o único olho aberto da corujinha e se intrigava. Chateava-se, até. Sua manhã começava mal, ele se quedava a pensar: não sou eu quem faço gols, é a corujinha; não é da Luciana que gosto, é da corujinha. Seu dia só melhorava lentamente, quando ia para o estádio, treinava, treinava e até em treinos não parava de marcar gols. Então ficava satisfeito.

Com Luciana, não era diferente: por mais que Arthur se irritasse com o gênio dela, com suas tantas vontades, com a dúvida que lhe injetava na alma a corujinha, tornava-se a cada dia mais próximo dela. Talvez porque ela gostasse muito dele. É, talvez. Aos poucos, Luciana preencheu todos os espaços da sua vida. Um dia, ela perguntou:

– Por que não casamos?

Arthur pensou: pois é, por que não? Já estava envolvido até o pâncreas mesmo. Além disso, no clube, os dirigentes viviam insistindo: casa, rapaz, casa que a tua carreira vai decolar de vez. Pronto, estava decidido: ia casar. Convidaram os amigos. Todos reunidos na sala, ele e Luciana diante do padre, ele sentindo o frio metálico da aliança na palma da mão, em posição para enfiá-la no dedo de Luciana, quando algo chamou sua atenção, seu olhar bateu asas para um lado, para outro, e aterrissou nos olhos cor de mel da morena que sorria para ele.

Aquele sorriso. Um sorriso de música alta, de amigos rindo ao redor de uma mesa, sorriso de praia, de mar rumorejante, de areia branca e de chope, um sorriso que provocava outros tantos sorrisos, sorriso de verão, de cores e de vida pulsante. Aquele sorriso oprimiu o peito de Arthur. Estava paralisado, com a aliança na mão direita, enquanto a esquerda segurava a mão de Luciana. Olhou para Luciana. Que o fitava com ar preocupado. Olhou para a morena. Que mexia os lábios. Queria dizer-lhe algo, a morena. Arthur prestou atenção:

– Vem – ela lhe dizia: – Vem!

A cabeça de Arthur começou a rodar. Por que estava casando, afinal? Era apaixonado por aquela mulher? Não! A resposta era não. Gostava dela, se acostumara com ela, mas não estava apaixonado. Então, por que estava ali, pronto para selar um compromisso eterno e indissolúvel, a ponto de encetar uma vida em comum, uma vida a dois, só os dois, todos os dias, o dia inteiro, sempre ela, só ela, nenhuma outra, nunca mais festas e verões e amigos e morenas, nunca mais, por quê?

Por causa da maldita corujinha! Só podia ser isso. A corujinha! Arthur ia se comprometer para toda a vida por causa de uma coruja de porcelana! Pois, se não fosse a coruja, o que seria? Sim, só podia ser um feitiço, uma mandinga, uma macumba, uma bruxaria! Arthur apertava fortemente a aliança. A inquietação se espalhava pela sala. Luciana perguntava que foi, Tuta? Chamava-o de Tuta, troço odiento. Arthur olhou para a morena, ela ainda sorria, ele foi aproximando a aliança do dedo de Luciana, o sorriso da morena foi diminuindo, a aliança chegou à ponta do dedo, o sorriso da morena se desmanchou, a aliança já estava na fronteira de uma junta, passava a falange, a falanginha, a falangeta, a morena deu-lhe as costas, a morena foi saindo, balançando a cabeça, decepcionada, Arthur parou de empurrar a aliança, Luciana dizia que foi,

Tuta?, ele queria berrar que não era Tuta, era Arthur!, ele olhava para as costas luzidias da morena, que já estava na porta de saída, que se virava para olhá-lo pela última vez, que pela última vez disse vem!, que se virou e saiu, e o peito dele ia explodir, e ele lembrou da corujinha enfeitiçada, não ia se deixar vencer por uma corujinha, era maior do que uma corujinha, era um homem, afinal, um centroavante, e então ele gritou, como só os centroavantes gritam:

– Nãããããããão! Eu sou um centroavante!

E saiu correndo porta afora, jogando a aliança para um lado, a mão de Luciana para outro, abrindo espaço entre os convidados como se fosse em meio à zaga adversária. Arthur alcançou a morena. Sumiram numa esquina. Ele ficou um mês sem aparecer no clube. Durante um mês, o escândalo do casamento fermentou na cidade. Seu contrato foi rescindido. Quando voltou, estava desempregado. Mas parecia feliz. Hoje, joga num clube do interior do Paraguai. Ainda faz seus golzinhos. Mas não está mais com a morena. A corujinha continua lá, ao lado da cama dele, sobre o criado-mudo. Todos os dias, ao acordar, a primeira coisa que Arthur vê é o único olho aberto da corujinha. Só que agora é diferente. Ele desperta. Olha para o olho que o vigia. Sorri. E diz, um pouco para si mesmo, um pouco para a corujinha: sou um homem, sou um centroavante.

O Mito

Jonílson, o Mito. As mulheres o chamavam assim. O Mito. Rochele não sabia por quê. Só ouvia as outras comentando sobre Jonílson e em seguida acrescentando o epíteto, o Mito, acompanhado de um sorrisinho. Aquilo a perturbava. Ela podia apenas especular – talvez Jonílson fosse o Mito por suas atuações no Canarinho, lá do IAPI. Diziam que era craque.

Cracaço. O Ronaldinho da Vila. Mas isso seria suficiente para que as mulheres o considerassem um mito? Seria suficiente para provocar nelas aqueles sorrisos de malícia? Não. Havia algo mais. E Rochele queria – precisava! – saber o que era.

Rochele não tinha muita experiência nesses assuntos. Com seus tenros quinze anos de idade, mantinha-se casta como uma petúnia na madrugada. Sim, era pura, Rochele, mas vivia abrasada pela imaginação. Já há muito, notara o quanto seu corpo havia mudado, e isso, ela mesma, seu corpo sinuoso, seu colo arfante, seus pequenos seios de pera, suas pernas macias, tudo isso se tornara o seu único interesse, o objeto exclusivo do seu pensamento.

A menina Rochele acordava no meio da noite perturbada por sonhos estranhos, suada, com o corpo incandescente e a mente rodando. Durante o dia, na aula, de repente se ausentava e ficava pensando, pensando. A menina Rochele não era mais menina. E, no centro de todas as suas fantasias, de seus quereres e anseios, estava ele, Jonílson, o Mito.

Não conhecia Jonílson. Jamais o vira. Mas imaginava-o. Em seu delírio, ele aparecia com o calção sumário do time. De meiões. Chuteiras. Sem camisa, porém. Um Jonílson esbaforido depois de uma partida decisiva, sorridente por seus gols de habilidade caudalosa, um pouco sujo da terra da grande área, um Adônis que sabia fazer lançamentos de sessenta metros. O Mito. Assim, a menina seguiu sonhando com o seu ídolo platônico, e crescendo, e desabrochando. A beleza de Rochele era o assunto de todas as rodas nos bares da Industriários, da Plínio Brasil Milano, da Volta do Guerino. Uma princesa, diziam, e era exatamente dessa forma que todos a chamavam: a Princesinha do Gardolinski. Edmundo Gardolinski é um coleginho lá do IAPI. Rochele era a sua mais bela rosa. Rosa em botão, é preciso que se diga.

Tão bela era Rochele, tão encantadora, que multiplicou a clientela do consultório dentário em que trabalhava meio período. A jovem secretariazinha do dentista fazia qualquer tratamento de canal parecer uma carícia.

Pois foi justamente no consultório que aconteceu. Rochele estava distraída, folheando uma Capricho, quando o telefone tocou. Ela atendeu indolentemente. Do outro lado da linha, uma voz masculina disse que queria marcar uma consulta. Ela respondeu que só havia horário para a semana seguinte. Ele falou que tudo bem. Ela perguntou seu nome. Ele informou:

– Jonílson.

Rochele deixou o telefone cair. Levantou-o, trêmula. Desculpou-se. Tentou confirmar:

– Como é o seu nome mesmo?

– Jonílson.

O coração pubescente de Rochele batia como nunca batera. Bem, talvez tivesse batido daquele jeito quando o Leonardo DiCaprio beijou a gordinha no *Titanic*. Arriscou:

– O-onde tu moras?

– No IAPI.

Era ele. Era ele! Não havia dúvidas. O Mito! Ela ia conhecer o Mito! Arrependeu-se por ter marcado a consulta só para a semana seguinte. Seis dias. Teria que esperar seis dias para conhecer Jonílson, o goleador, o centroavante do Canarinho, o Mito. Não contou para ninguém – podiam botar olho-grande. Não conseguia prestar atenção nas aulas, não conseguia prestar atenção em nada. Só pensava no Mito, ia conhecer o Mito!

A consulta estava marcada para terça-feira. No fim de semana, não saiu. Ficou concentrada, preparando-se. Mandou aparar o cabelo – não gostou da franja. Fez as unhas. Submergiu-se em cremes. Não conseguiu dormir na noite de domingo. Na segunda, ele ligou. Reconheceu a voz logo que ele disse alô. Era o Mito.

– Vou ter que desmarcar a consulta...

– Não! – ela gritou. Não houve como se controlar. Sentiu que ele havia estranhado do outro lado da linha.

– Não?... Vou ter que pagar, se não vier?...

– É! Não... Quer dizer...

– É que tenho um compromisso. Não podia ficar para quinta?... – nem tudo estava perdido.

– Quinta está bom – disse ela. – Quinta.

Ficou para quinta. Mais três dias de dor. Rochele sofreu. Todos notavam. O que estaria acontecendo com a Princesinha do Gardolinski? Mas a quinta-feira chegou, enfim. Tinha que chegar. E, dez minutos antes da hora marcada, ele apareceu. Jonílson, o Mito. Não era tão alto quanto ela pensava. Nem tão forte. Tudo bem, já estava preparada. Sabia que aquele Apolo de bíceps de aço só existia mesmo na sua imaginação. O importante é que ele estava ali. Jonílson. O Mito.

É evidente que Jonílson percebeu que a moça ficava perturbada com a sua presença. Percebeu e se surpreendeu. Seria possível que aquele pequeno lírio intocado, aquela gazela assustadiça, aquela ninfeta tão pueril e matinal e fresca como se sempre tivesse acabado de sair do banho, seria possível que a Princesinha do Gardolinski estivesse a fim dele? A resposta era sim. Era possível.

Sem se estender em demasia: Jonílson passou a frequentar o consultório. Fez tratamento completo. Quando estava perto da limpeza, convidou-a para sair. Saíram. E já naquela noite, na primeira noite, tamanho era o ardor da pequena Rochele, tão grande era a sua expectativa, tão intenso era o formigamento que sentia nas coxas torneadas, nas virilhas suaves, nos seios intumescidos, que ela decidiu: é hoje! Essa será a minha noite. Vou me entregar. Vou ser do Mito. E foi. Deu-se. Aconteceu. Rochele, a linda Rochele, a Princesinha do Gardolinski, finalmente teve sua inocência despetalada. E, depois de tudo consumado, jacente no leito de amor, nua e ainda tonta de lascívia, ela se virou para ele, para o seu homem e, num suspiro, sussurrou docemente:

– Espero que tu não ache que sexo faz mal antes do futebol...

Ele riu:

– Tudo bem. Eu não gosto de futebol mesmo.

Rochele estremeceu:

– Quê?

E ele, tranquilo:

– Não gosto. Nunca gostei.

Rochele sentou na cama.

– Como assim? Tu não é centroavante do Canarinho?

– Canarinho? Eu, não – e Jonílson riu da ideia. – Esse é um outro Jonílson, ele mora do outro lado da Plínio.

Rochele estava petrificada. Pasmada. Olhou para ele e pela primeira vez reparou no seu cabelo já ralo, na sua barriguinha debutante, nas suas pernas quebradiças. Ele não era um Adônis. Não era um Apolo. Não era um Maciste. Não era o Mito!

Então, ela se cobriu com o lençol, levou as mãos ao rosto, cerrou-as e, com os punhos fechados, socou o peito de Jonílson. Socou, socou, socou, socou e chorou.

– Estuprador! – berrava. – Estuprador!

O GERENTE DO MEU BANCO

Chamava-se Carlos Alfredo, o gerente do meu banco. Era careca, um pouco gordinho e tinha o rosto avermelhado. Graças ao Carlos Alfredo, aprendi que o Mercado não é essa entidade abstrata que dizem. Ao contrário, é vivo, pulsante, cheio de quereres. Não é por outra razão que o chamo de Mercado com eme maiúsculo.

Quem não sabe disso, que o Mercado não apenas é um ser vivente, mas também mimado, quem não sabe disso vai ficar perplexo a partir de agora, quando os clubes de futebol começam a se relacionar com ele. Eu não ficarei. Por causa do Carlos Alfredo, o gerente do meu banco.

Na época, muitos anos atrás, o jornal em que trabalhava estava atrasando salários. Por Deus, é menos ruim ganhar pouco do que receber atrasado. Os credores não querem saber se sua empresa está em situação difícil. Eles querem dinheiro, dinheiro, dinheiro, só pensam em dinheiro. E dinheiro não há. Aí, você tenta contentá-los com cheques pré-datados. Mas o jornal volta a atrasar, os cheques estouram, e quem fica incomodado é o gerente do seu banco.

Foi nessa situação que o Carlos Alfredo me chamou lá no banco. Era o terceiro cheque sem cobertura.

Entrei na agência chateado e mais chateado fiquei quando vi a expressão no rosto de Carlos Alfredo. Decepção. Sim, li a decepção em seus olhos tristes. Aproximei-me da mesa, constrangido, puxei uma cadeira, ele levantou a cabeça calva em minha direção e suspirou.

– Carlos Alfredo... – balbuciei, mas fiz uma pausa vendo que ele suspirava de novo, desta vez ainda mais dolorido.

– Carlos Alfredo, não é o que você está pensando...

Ele então apertou os lábios e sibilou, quase sem voz:

– Não esperava isso de você.

Foi um golpe. Percebi que magoara Carlos Alfredo, traíra sua confiança. Foram suas palavras exatas, para meu desespero:

– Você traiu a minha confiança.

O que poderia dizer numa hora daquelas?

– Não era minha intenção – arrisquei. Mas Carlos Alfredo estava muito machucado. Algo se partira na nossa relação. Não havia mais nada a falar. Levantei-me, arrasado, e saí do banco, olhando de quando em quando para trás, vendo sua calva vermelha reluzindo. Penso ter divisado o brilho de uma pequena lágrima antes de fechar a porta envidraçada.

Carlos Alfredo ensinou-me que o Mercado também tem sentimentos. É o que os clubes vão ter de aprender. O Mercado, vira e mexe, fica nervoso. O Mercado reage mal à determinada notícia, o Mercado fica abalado ou instável. Ainda vamos ler que o Mercado ficou muito chateado com o que disse o presidente, coisa assim. É preciso saber se relacionar com o Mercado, tratá-lo bem. Uma palavra mal-empregada, uma frase atravessada e pronto: o Mercado fica tristonho. Grêmio e Inter que o tratem bem, o Mercado, procurem não ofendê-lo, que ele é irritadinho. Carlos Alfredo, por exemplo. Não é que ele me tirou o talão de cheques?

O APOSTADOR

O Dias vivia dizendo que a maior qualidade da Rosa era a obediência. Dizia menos para elogiar a Rosa do que para se gabar.

– Aí está uma mulher obediente – repetia para os amigos, alisando a barriga, satisfeito como se estivesse levantando da mesa de jantar do bispo. – Sempre faz o que mando – enfatizava. – Sempre.

Fazia mesmo. Silenciosamente. Prazerosamente. A Rosa, parecia, gostava de obedecer às ordens do Dias. Ordens – palavra adequada a se empregar nesse caso. O Dias falava no imperativo:

– Rosa, vá buscar outra cerveja. Vá, que estou mandando.

Ela ia. Voltava sorrindo. Então, ele estalava a língua de contentamento e dava tapinhas na perna, num sinal para que ela sentasse no seu colo. Ela sentava, faceira como um cãozinho depois do afago, e o Dias comentava, invariavelmente:

– Muito bem, Rosinha. Muito bem.

E não pense que a Rosa era uma mulher feia ou burra. Ao contrário. Era atraente, sim, dona de um sinuoso par de pernas compridas, que tirava a respiração dos amigos do Dias quando ela cingia a cintura com uma minissaia. E, ainda que não fosse o Ruy Barbosa, era inteligente e razoavelmente culta. Por isso, ninguém entendia toda aquela subserviência.

– Vá, que estou mandando!

Ela ia. E, depois que voltava:

– Muito bem, Rosinha. Muito bem.

As vezes em que o Dias mais se exibia com a Rosa eram as sextas-feiras, dias do jogo de cartas. O Dias era um jogador, um apostador, apostava no turfe, em carreiras, em decisões de futebol, goleadores de campeonato, tudo. Às sextas, ele e os amigos jogavam cartas. A Rosa não participava, praticamente não falava, mas ficava ao alcance da voz do Dias, num sofá da sala. Servia. Andava de um lado para outro com canapés, uísques, quitutes, o que o Dias pedisse. Ou, antes: mandasse. Ele mandava. Ela obedecia. E:

– Muito bem, Rosinha. Muito bem.

Tudo ia bem, de fato, até o dia em que o Ciro entrou no jogo. O Ciro era amigo da turma. Só que nunca jogava.

– Já joguei muito – explicava. – Agora não mais. Nunca mais.

Por que nunca mais? Ele não contava. Só sussurrava, como se falasse com o bico de suas botas:

– Nunca mais, nunca mais...

Mas o pessoal não desistia. Queriam porque queriam que ele fosse jogar. O Dias era quem mais insistia.

– Covarde! – debochava. – Tu tens é medo de perder.

O Ciro se esquivava. Inventava compromissos às sextas. Não aceitava nem jogar cara ou coroa.

– Larguei o jogo – limitava-se a responder. – Não jogo mais nada.

Aí aconteceu aquela partida do Palmeiras. Estavam todos assistindo ao jogo na casa do Dias. Cerveja, churrasquinho e talicoisa. A partida terminando. Dois a zero para o adversário.

– O time do Felipão está morto! – Berrava o Dias. – Está na panela!

O Ciro murmurou:

– Não está, não.

– Está! – bradou o Dias.

– Não está.

Está, não está, está, não está, está, não está, até o Dias desafiar:

– Aposto cem que está.

– Feito.

Silêncio na sala. Silêncio de se sentir o cheiro. Era a primeira vez que o Ciro topava uma aposta. O próprio Dias hesitou:

– Sério?

– Sério.

– Cenzinho?

– Tá casado – e o Ciro sacou duas cédulas estalantes do bolso.

Mal fecharam a aposta, Paulo Nunes marcou um gol. Faltavam três minutos para o fim. Uma eletricidade nervosa percorria a sala, escalava as espinhas dorsais, esquentava a cerveja, catapultava os olhos das órbitas, secava as gargantas. A um minuto do final, novo gol de Paulo Nunes. Com dois da prorrogação, Arce, de falta, virou o placar. Os amigos, todos, ficaram boquiabertos, olhando para a TV, enquanto o Ciro, em silêncio, quase contrito, recolhia o dinheiro, metia-o no bolso.

A partir daquele momento, o Ciro voltou a jogar. Jogava sofregamente. Apostava em tudo. Nos cavalos, nos jogos de futebol, se ia ou não chover, na cor das calcinhas da secretária. E ganhava. Ganhava. Ganhava.

Assim ganhando, foi ao jogo de carpeta das sextas. O jogo das sextas era violento. Era jogo para homem: bigurrilho. Oito cartas. Curinga só vale na sequência. Mas o curinga, no bigurrilho, pode ser qualquer carta. O jogador escolhe qual vai ser. Depende do que ele tiver na mão. Bigurrilho. Jogo duro. Jogo para homem. Jogo para o Ciro. Enquanto puxava uma cadeira e se acomodava na mesa, ele repetia e estalava os dedos:

– Esse é o meu jogo, esse é o meu jogo.

Bigurrilho. Lá estavam eles, apostando, jogando, jogando, e o Ciro foi vencendo. Vencendo. O Dias estava impaciente. Nervoso. Rosa sentia a sua ansiedade. Tentava agradá-lo, trazia-lhe acepipes, fazia-lhe cafunés. Ele se irritava:

– Sai, Rosa!

Ela saía. Obediente. Voltava ao sofá, escorraçada. O Ciro continuou ganhando. E as apostas aumentando. O Dias não admitia perder, não para o Ciro, não daquela forma inapelável. Mas o Ciro ia ganhando. Os outros abandonavam o jogo, só o Dias continuava. E o Ciro vencia. Tomou todo o dinheiro do Dias, o salário do mês, a poupança, o Dias não tinha mais dinheiro, apostou o carro. Os outros:

– Não, Dias!

Ele:

– O carro!

Perdeu. Havia perdido tudo. Estava desesperado. Suava. O Ciro já ia recolhendo o dinheiro, sempre sério, já ia embora, balançando a cabeça como se lamentasse ter vencido, quando o Dias segurou seu braço:

– Não! – gritou, com voz embargada.

– O jogo terminou – respondeu Ciro.

– Não!

– Tu não tens mais nada para apostar.

– Tenho – disse o Dias, e sua voz tremia.

Todos se surpreenderam.

– O quê?

O Dias hesitou um instante. Depois arrematou:

– A Rosa.

– Que é isso, Dias? – reclamavam os amigos. – Onde já se viu apostar a própria mulher? Que é isso?

Mas o Dias insistiu. A Rosa era mulher dele e ele ia colocá-la em jogo, sim! Se o Ciro vencesse, passaria o resto da noite com a Rosa, ali mesmo, na casa deles, no quarto do casal. Faria com ela e com suas longas pernas de cetim o que quisesse. Os amigos se escandalizaram, mas o Dias estava fora de controle, não ia mudar de ideia. Ciro olhou para Rosa. Ela não falava. Olhava fixamente para o desenho do carpete, sentada na ponta do sofá, num canto da sala onde eles jogavam.

– Tudo ou nada! – berrava o Dias. – Se eu vencer, fico com tudo; se o Ciro vencer, passa o resto da noite com a Rosa.

Ciro olhou para o Dias; de novo para a Rosa. Ela ainda em silêncio, cabisbaixa, linda e meiga. Ciro respirou fundo. Parecia pensar. Olhou para o Dias, que rilhava os dentes e o desafiava. Pensou mais. Os outros olhavam do Ciro pensativo para o Dias raivoso e do Dias raivoso para a Rosa em silêncio e da Rosa em silêncio para o Ciro pensativo. Tensão, tensão. Então o Ciro respirou fundo. Cerrou os punhos. E disse, gritando, com uma voz que veio do fundo do peito:

– Topo! Eu topo!

Foram para o jogo. Jogo nervoso. Cansado, derrotado, o Dias tremia. Suava nas mãos. Olhava para as cartas e tremia ainda mais. Seu jogo estava ruim. As cartas não vinham. Onde estavam as cartas boas? O Dias esquecera a lição que todo o jogador tem de ter cristalizada no cérebro: dia ruim é dia ruim quando o jogo não vem, não adianta insistir; dia ruim é dia de largar o jogo.

Dias não largou. Jogou. E o jogo foi curto. Rápido. O Ciro venceu sem dificuldades. Uma vitória sólida, consistente. O Dias permaneceu sentado, olhando para as cartas, apalermado. A Rosa continuou na ponta do sofá, mirando o carpete, em silêncio. Em nenhum momento, desde que fora apostada pelo marido, erguera os olhos do chão. Ciro não ousava se mexer, não ousava falar, mal respirava. Ninguém respirava naquela sala.

Pode ser que tenham transcorrido cinco minutos. Ou quinze. Ou vinte. Impossível precisar. Até que o Dias se levantou, caminhou meia dúzia de passos pesados até onde estava a Rosa, pegou-a pelo braço e, sem olhá-la nos olhos, conduziu-a até o Ciro. Entregou-a mansamente, como que em sacrifício.

– Jogo é jogo – ciciou.

E deu às costas a eles. E sentou-se no sofá, entre os amigos pasmados. O Ciro a tomou pela mão. Levantou-se. E a levou para o quarto. Rosa caminhou de olhos baixos, silenciosa, talvez triste. Entraram no quarto.

O Dias olhava a cena da sala. Fecharam a porta. O Dias estava paralisado, os amigos estavam paralisados, mudos. Ouviram o ruído seco da chave girando na fechadura e, depois, o silêncio. Nada mais foi ouvido naquela sala, naquela casa, durante uns vinte minutos. Que pareceram duas horas. Ninguém falava, ninguém se mexia. Até que um gemido fraco veio do quarto. Um gemido de mulher. De Rosa.

Depois, outro gemido, também fraco. Em seguida, um mais forte. Outro. E outro. Em segundos, os gemidos de Rosa aumentaram vertiginosamente de intensidade. Ela gemia, e gania, e agora gritava, e, quanto mais gritava, mais nervoso ia ficando o Dias. O rosto do Dias ficava afogueado, vermelho, roxo, seus olhos eram duas bolas de pingue-pongue injetadas de sangue. Os amigos não sabiam o que fazer. Não diziam nada.

Não tinham coragem nem de olhar para o Dias. Apenas fitavam a porta do quarto, fechada, e ouviam.

Os gemidos aumentavam, tornavam-se urros, ela gritava ai, ai, ai, aiaiaiai, era evidente que estava gostando, que estava sentindo prazer, um prazer, quem sabe, jamais sentido. Ela gritava, uivava e agora gritava o nome de Ciro. Dizia Ciro, Ciro, Ciro, Ciro, entre dentes, e o Ciro também gemia, também gritava, também dizia Rosa, Rosinha, Rosa, Rosinha, Rosinha, Rosinha.

O Dias se levantou de um salto. Os amigos pensaram que ele ia arrombar a porta da alcova. Mas não. Levantou-se, tão somente. Caminhou pela sala. Debruçou-se num armário. Abaixou a cabeça. Rosnou:

– Meu Deus!

Ficou lá, com as duas mãos apoiadas no armário. Abriu uma gaveta. Retirou de lá um objeto. Ninguém viu bem o que era. Um dos amigos pensou: é uma arma, isso vai acabar em tragédia. Dias enfiou o objeto na cintura, cobriu-o com a camisa, foi até a mesa e sentou, esperando. Os sons que vinham do quarto eram mais fracos, agora. Sons de conversa.

Podiam ser de risos, até. Passaram-se provavelmente mais 45 minutos até que a porta se abriu. Dias continuou sentado, ereto, tenso, os olhos faiscando, provavelmente de ódio. Os amigos evitavam encará-lo, alguns olhavam para o volume que o objeto fazia sob a camisa. Perguntavam-se: "Será uma arma? Se for, o que fazer?"

Ciro e Rosa apareceram na soleira da porta. Constrangidos. Também não encararam o Dias. Tampouco se olhavam. Fitavam o vazio. Parados, de pé. Rosa saiu do quarto primeiro. Depois, o Ciro. Estavam sérios. Um pouco corados. Quietos. Em silêncio, Ciro tomou Rosa pela mão. Levou-a até o Dias com a mesma solenidade com que o Dias a conduzira até ele momentos antes. Dias segurou-a fortemente pelos braços. Rosa estremeceu. Ia dizer algo o Dias, ia fazer algo, mas olhou nos olhos dela, os olhos meigos de Rosa, olhos leais, olhos de cachorro pidão, e, naquele instante, algo se deu dentro dele. Algo mudou. Com uma pedra no peito, com os dentes cerrados, com lágrimas nos olhos, Dias puxou-a para baixo. Ela sentou no seu colo. Ele, então, a olhou nos olhos outra vez. E disse, com voz sumida:

– Muito bem, Rosinha. Muito bem.

325.**Júlio César** – William Shakespeare
326.**A carta de Pero Vaz de Caminha**
327.**Cozinha Clássica** – Sílvio Lancellotti
328.**Madame Bovary** – Gustave Flaubert
329.**Dicionário do viajante insólito** – M. Scliar
330.**O capitão saiu para o almoço...** – Bukowski
331.**A carta roubada** – Edgar Allan Poe
332.**É tarde para saber** – Josué Guimarães
333.**O livro de bolso da Astrologia** – Maggy Harrisonx e Mellina Li
334.**1933 foi um ano ruim** – John Fante
335.**100 receitas de arroz** – Aninha Comas
336.**Guia prático do Português correto – vol. 1** – Cláudio Moreno
337.**Bartleby, o escriturário** – H. Melville
338.**Enterrem meu coração na curva do rio** – Dee Brown
339.**Um conto de Natal** – Charles Dickens
340.**Cozinha sem segredos** – J. A. P. Machado
341.**A dama das Camélias** – A. Dumas Filho
342.**Alimentação saudável** – H. e Â. Tonetto
343.**Continhos galantes** – Dalton Trevisan
344.**A Divina Comédia** – Dante Alighieri
345.**A Dupla Sertanojo** – Santiago
346.**Cavalos do amanhecer** – Mario Arregui
347.**Biografia de Vincent van Gogh por sua cunhada** – Jo van Gogh-Bonger
348.**Radicci 3** – Iotti
349.**Nada de novo no front** – E. M. Remarque
350.**A hora dos assassinos** – Henry Miller
351.**Flush - Memórias de um cão** – Virginia Woolf
352.**A guerra no Bom Fim** – M. Scliar
353(1).**O caso Saint-Fiacre** – Simenon
354(2).**Morte na alta sociedade** – Simenon
355(3).**O cão amarelo** – Simenon
356(4).**Maigret e o homem do banco** – Simenon
357.**As uvas e o vento** – Pablo Neruda
358.**On the road** – Jack Kerouac
359.**O coração amarelo** – Pablo Neruda
360.**Livro das perguntas** – Pablo Neruda
361.**Noite de Reis** – William Shakespeare
362.**Manual de Ecologia** – vol.1 – J. Lutzenberger
363.**O mais longo dos dias** – Cornelius Ryan
364.**Foi bom prá você?** – Nani
365.**Crepusculário** – Pablo Neruda
366.**A comédia dos erros** – Shakespeare
367(5).**A primeira investigação de Maigret** – Simenon
368(6).**As férias de Maigret** – Simenon
369.**Mate-me por favor (vol.1)** – L. McNeil
370.**Mate-me por favor (vol.2)** – L. McNeil
371.**Carta ao pai** – Kafka
372.**Os vagabundos iluminados** – J. Kerouac
373(7).**O enforcado** – Simenon
374(8).**A fúria de Maigret** – Simenon
375.**Vargas, uma biografia política** – H. Silva
376.**Poesia reunida (vol.1)** – A. R. de Sant'Anna
377.**Poesia reunida (vol.2)** – A. R. de Sant'Anna
378.**Alice no país do espelho** – Lewis Carroll
379.**Residência na Terra 1** – Pablo Neruda
380.**Residência na Terra 2** – Pablo Neruda
381.**Terceira Residência** – Pablo Neruda
382.**O delírio amoroso** – Bocage
383.**Futebol ao sol e à sombra** – E. Galeano
384(9).**O porto das brumas** – Simenon
385(10).**Maigret e seu morto** – Simenon
386.**Radicci 4** – Iotti
387.**Boas maneiras & sucesso nos negócios** – Celia Ribeiro
388.**Uma história Farroupilha** – M. Scliar
389.**Na mesa ninguém envelhece** – J. A. P. Machado
390.**200 receitas inéditas do Anonymus Gourmet** – J. A. Pinheiro Machado
391.**Guia prático do Português correto – vol.2** – Cláudio Moreno
392.**Breviário das terras do Brasil** – Assis Brasil
393.**Cantos Cerimoniais** – Pablo Neruda
394.**Jardim de Inverno** – Pablo Neruda
395.**Antonio e Cleópatra** – William Shakespeare
396.**Tróia** – Cláudio Moreno
397.**Meu tio matou um cara** – Jorge Furtado
398.**O anatomista** – Federico Andahazi
399.**As viagens de Gulliver** – Jonathan Swift
400.**Dom Quixote** – (v. 1) – Miguel de Cervantes
401.**Dom Quixote** – (v. 2) – Miguel de Cervantes
402.**Sozinho no Pólo Norte** – Thomaz Brandolin
403.**Matadouro 5** – Kurt Vonnegut
404.**Delta de Vênus** – Anaïs Nin
405.**O melhor de Hagar 2** – Dik Browne
406.**É grave Doutor?** – Nani
407.**Orai pornô** – Nani
408(11).**Maigret em Nova York** – Simenon
409(12).**O assassino sem rosto** – Simenon
410(13).**O mistério das jóias roubadas** – Simenon
411.**A irmãzinha** – Raymond Chandler
412.**Três contos** – Gustave Flaubert
413.**De ratos e homens** – John Steinbeck
414.**Lazarilho de Tormes** – Anônimo do séc. XVI
415.**Triângulo das águas** – Caio Fernando Abreu
416.**100 receitas de carnes** – Sílvio Lancellotti
417.**Histórias de robôs:** vol. 1 – org. Isaac Asimov
418.**Histórias de robôs:** vol. 2 – org. Isaac Asimov
419.**Histórias de robôs:** vol. 3 – org. Isaac Asimov
420.**O país dos centauros** – Tabajara Ruas
421.**A república de Anita** – Tabajara Ruas
422.**A carga dos lanceiros** – Tabajara Ruas
423.**Um amigo de Kafka** – Isaac Singer
424.**As alegres matronas de Windsor** – Shakespeare
425.**Amor e exílio** – Isaac Bashevis Singer
426.**Use & abuse do seu signo** – Marília Fiorillo e Marylou Simonsen
427.**Pigmaleão** – Bernard Shaw
428.**As fenícias** – Eurípides
429.**Everest** – Thomaz Brandolin
430.**A arte de furtar** – Anônimo do séc. XVI
431.**Billy Bud** – Herman Melville
432.**A rosa separada** – Pablo Neruda
433.**Elegia** – Pablo Neruda
434.**A garota de Cassidy** – David Goodis
435.**Como fazer a guerra: máximas de Napoleão** – Balzac
436.**Poemas escolhidos** – Emily Dickinson
437.**Gracias por el fuego** – Mario Benedetti
438.**O sofá** – Crébillon Fils
439.**O "Martín Fierro"** – Jorge Luis Borges
440.**Trabalhos de amor perdidos** – W. Shakespeare

441.**O melhor de Hagar 3** – Dik Browne
442.**Os Maias (volume1)** – Eça de Queiroz
443.**Os Maias (volume2)** – Eça de Queiroz
444.**Anti-Justine** – Restif de La Bretonne
445.**Juventude** – Joseph Conrad
446.**Contos** – Eça de Queiroz
447.**Janela para a morte** – Raymond Chandler
448.**Um amor de Swann** – Marcel Proust
449.**À paz perpétua** – Immanuel Kant
450.**A conquista do México** – Hernan Cortez
451.**Defeitos escolhidos e 2000** – Pablo Neruda
452.**O casamento do céu e do inferno** – William Blake
453.**A primeira viagem ao redor do mundo** – Antonio Pigafetta
454(14).**Uma sombra na janela** – Simenon
455(15).**A noite da encruzilhada** – Simenon
456(16).**A velha senhora** – Simenon
457.**Sartre** – Annie Cohen-Solal
458.**Discurso do método** – René Descartes
459.**Garfield em grande forma (1)** – Jim Davis
460.**Garfield está de dieta** (2) – Jim Davis
461.**O livro das feras** – Patricia Highsmith
462.**Viajante solitário** – Jack Kerouac
463.**Auto da barca do inferno** – Gil Vicente
464.**O livro vermelho dos pensamentos de Millôr** – Millôr Fernandes
465.**O livro dos abraços** – Eduardo Galeano
466.**Voltaremos!** – José Antonio Pinheiro Machado
467.**Rango** – Edgar Vasques
468(8).**Dieta mediterrânea** – Dr. Fernando Lucchese e José Antonio Pinheiro Machado
469.**Radicci 5** – Iotti
470.**Pequenos pássaros** – Anaïs Nin
471.**Guia prático do Português correto – vol.3** – Cláudio Moreno
472.**Atire no pianista** – David Goodis
473.**Antologia Poética** – García Lorca
474.**Alexandre e César** – Plutarco
475.**Uma espiã na casa do amor** – Anaïs Nin
476.**A gorda do Tiki Bar** – Dalton Trevisan
477.**Garfield um gato de peso (3)** – Jim Davis
478.**Canibais** – David Coimbra
479.**A arte de escrever** – Arthur Schopenhauer
480.**Pinóquio** – Carlo Collodi
481.**Misto-quente** – Bukowski
482.**A lua na sarjeta** – David Goodis
483.**O melhor do Recruta Zero (1)** – Mort Walker
484.**Aline: TPM – tensão pré-monstrual (2)** – Adão Iturrusgarai
485.**Sermões do Padre Antonio Vieira**
486.**Garfield numa boa (4)** – Jim Davis
487.**Mensagem** – Fernando Pessoa
488.**Vendeta** *seguido de* **A paz conjugal** – Balzac
489.**Poemas de Alberto Caeiro** – Fernando Pessoa
490.**Ferragus** – Honoré de Balzac
491.**A duquesa de Langeais** – Honoré de Balzac
492.**A menina dos olhos de ouro** – Honoré de Balzac
493.**O lírio do vale** – Honoré de Balzac
494(17).**A barcaça da morte** – Simenon
495(18).**As testemunhas rebeldes** – Simenon
496(19).**Um engano de Maigret** – Simenon
497(1).**A noite das bruxas** – Agatha Christie
498(2).**Um passe de mágica** – Agatha Christie
499(3).**Nêmesis** – Agatha Christie
500.**Esboço para uma teoria das emoções** – Sartre
501.**Renda básica de cidadania** – Eduardo Suplicy
502(1).**Pílulas para viver melhor** – Dr. Lucchese
503(2).**Pílulas para prolongar a juventude** – Dr. Lucchese
504(3).**Desembarcando o diabetes** – Dr. Lucchese
505(4).**Desembarcando o sedentarismo** – Dr. Fernando Lucchese e Cláudio Castro
506(5).**Desembarcando a hipertensão** – Dr. Lucchese
507(6).**Desembarcando o colesterol** – Dr. Fernando Lucchese e Fernanda Lucchese
508.**Estudos de mulher** – Balzac
509.**O terceiro tira** – Flann O'Brien
510.**100 receitas de aves e ovos** – J. A. P. Machado
511.**Garfield em toneladas de diversão** (5) – Jim Davis
512.**Trem-bala** – Martha Medeiros
513.**Os cães ladram** – Truman Capote
514.**O Kama Sutra de Vatsyayana**
515.**O crime do Padre Amaro** – Eça de Queiroz
516.**Odes de Ricardo Reis** – Fernando Pessoa
517.**O inverno da nossa desesperança** – Steinbeck
518.**Piratas do Tietê (1)** – Laerte
519.**Rê Bordosa: do começo ao fim** – Angeli
520.**O Harlem é escuro** – Chester Himes
521.**Café-da-manhã dos campeões** – Kurt Vonnegut
522.**Eugénie Grandet** – Balzac
523.**O último magnata** – F. Scott Fitzgerald
524.**Carol** – Patricia Highsmith
525.**100 receitas de patisseria** – Sílvio Lancellotti
526.**O fator humano** – Graham Greene
527.**Tristessa** – Jack Kerouac
528.**O diamante do tamanho do Ritz** – S. Fitzgerald
529.**As melhores histórias de Sherlock Holmes** – Arthur Conan Doyle
530.**Cartas a um jovem poeta** – Rilke
531(20).**Memórias de Maigret** – Simenon
532(4).**O misterioso sr. Quin** – Agatha Christie
533.**Os analectos** – Confúcio
534(21).**Maigret e os homens de bem** – Simenon
535(22).**O medo de Maigret** – Simenon
536.**Ascensão e queda de César Birotteau** – Balzac
537.**Sexta-feira negra** – David Goodis
538.**Ora bolas – O humor de Mario Quintana** – Juarez Fonseca
539.**Longe daqui aqui mesmo** – Antonio Bivar
540(5).**É fácil matar** – Agatha Christie
541.**O pai Goriot** – Balzac
542.**Brasil, um país do futuro** – Stefan Zweig
543.**O processo** – Kafka
544.**O melhor de Hagar 4** – Dik Browne
545(6).**Por que não pediram a Evans?** – Agatha Christie
546.**Fanny Hill** – John Cleland
547.**O gato por dentro** – William S. Burroughs
548.**Sobre a brevidade da vida** – Sêneca
549.**Geraldão (1)** – Glauco
550.**Piratas do Tietê (2)** – Laerte
551.**Pagando o pato** – Ciça
552.**Garfield de bom humor (6)** – Jim Davis
553.**Conhece o Mário?** vol.1 – Santiago
554.**Radicci 6** – Iotti

555.**Os subterrâneos** – Jack Kerouac
556(1).**Balzac** – François Taillandier
557(2).**Modigliani** – Christian Parisot
558(3).**Kafka** – Gérard-Georges Lemaire
559(4).**Júlio César** – Joël Schmidt
560.**Receitas da família** – J. A. Pinheiro Machado
561.**Boas maneiras à mesa** – Celia Ribeiro
562(9).**Filhos sadios, pais felizes** – R. Pagnoncelli
563(10).**Fatos & mitos** – Dr. Fernando Lucchese
564.**Ménage à trois** – Paula Taitelbaum
565.**Mulheres!** – David Coimbra
566.**Poemas de Álvaro de Campos** – Fernando Pessoa
567.**Medo e outras histórias** – Stefan Zweig
568.**Snoopy e sua turma (1)** – Schulz
569.**Piadas para sempre (1)** – Visconde da Casa Verde
570.**O alvo móvel** – Ross Macdonald
571.**O melhor do Recruta Zero (2)** – Mort Walker
572.**Um sonho americano** – Norman Mailer
573.**Os broncos também amam** – Angeli
574.**Crônica de um amor louco** – Bukowski
575(5).**Freud** – René Major e Chantal Talagrand
576(6).**Picasso** – Gilles Plazy
577(7).**Gandhi** – Christine Jordis
578.**A tumba** – H. P. Lovecraft
579.**O príncipe e o mendigo** – Mark Twain
580.**Garfield, um charme de gato (7)** – Jim Davis
581.**Ilusões perdidas** – Balzac
582.**Esplendores e misérias das cortesãs** – Balzac
583.**Walter Ego** – Angeli
584.**Striptiras (1)** – Laerte
585.**Fagundes: um puxa-saco de mão cheia** – Laerte
586.**Depois do último trem** – Josué Guimarães
587.**Ricardo III** – Shakespeare
588.**Dona Anja** – Josué Guimarães
589.**24 horas na vida de uma mulher** – Stefan Zweig
590.**O terceiro homem** – Graham Greene
591.**Mulher no escuro** – Dashiell Hammett
592.**No que acredito** – Bertrand Russell
593.**Odisséia (1): Telemaquia** – Homero
594.**O cavalo cego** – Josué Guimarães
595.**Henrique V** – Shakespeare
596.**Fabulário geral do delírio cotidiano** – Bukowski
597.**Tiros na noite 1: A mulher do bandido** – Dashiell Hammett
598.**Snoopy em Feliz Dia dos Namorados! (2)** – Schulz
599.**Mas não se matam cavalos?** – Horace McCoy
600.**Crime e castigo** – Dostoiévski
601(7).**Mistério no Caribe** – Agatha Christie
602.**Odisséia (2): Regresso** – Homero
603.**Piadas para sempre (2)** – Visconde da Casa Verde
604.**À sombra do vulcão** – Malcolm Lowry
605(8).**Kerouac** – Yves Buin
606.**E agora são cinzas** – Angeli
607.**As mil e uma noites** – Paulo Caruso
608.**Um assassino entre nós** – Ruth Rendell
609.**Crack-up** – F. Scott Fitzgerald
610.**Do amor** – Stendhal
611.**Cartas do Yage** – William Burroughs e Allen Ginsberg
612.**Striptiras (2)** – Laerte
613.**Henry & June** – Anaïs Nin
614.**A piscina mortal** – Ross Macdonald
615.**Geraldão (2)** – Glauco
616.**Tempo de delicadeza** – A. R. de Sant'Anna
617.**Tiros na noite 2: Medo de tiro** – Dashiell Hammett
618.**Snoopy em Assim é a vida, Charlie Brown! (3)** – Schulz
619.**1954 – Um tiro no coração** – Hélio Silva
620.**Sobre a inspiração poética (Íon)** e ... – Platão
621.**Garfield e seus amigos (8)** – Jim Davis
622.**Odisséia (3): Ítaca** – Homero
623.**A louca matança** – Chester Himes
624.**Factótum** – Bukowski
625.**Guerra e Paz: volume 1** – Tolstói
626.**Guerra e Paz: volume 2** – Tolstói
627.**Guerra e Paz: volume 3** – Tolstói
628.**Guerra e Paz: volume 4** – Tolstói
629(9).**Shakespeare** – Claude Mourthé
630.**Bem está o que bem acaba** – Shakespeare
631.**O contrato social** – Rousseau
632.**Geração Beat** – Jack Kerouac
633.**Snoopy: É Natal! (4)** – Charles Schulz
634(8).**Testemunha da acusação** – Agatha Christie
635.**Um elefante no caos** – Millôr Fernandes
636.**Guia de leitura (100 autores que você precisa ler)** – Organização de Léa Masina
637.**Pistoleiros também mandam flores** – David Coimbra
638.**O prazer das palavras** – vol. 1 – Cláudio Moreno
639.**O prazer das palavras** – vol. 2 – Cláudio Moreno
640.**Novíssimo testamento: com Deus e o diabo, a dupla da criação** – Iotti
641.**Literatura Brasileira: modos de usar** – Luís Augusto Fischer
642.**Dicionário de Porto-Alegrês** – Luís A. Fischer
643.**Clô Dias & Noites** – Sérgio Jockymann
644.**Memorial de Isla Negra** – Pablo Neruda
645.**Um homem extraordinário e outras histórias** – Tchékhov
646.**Ana sem terra** – Alcy Cheuiche
647.**Adultérios** – Woody Allen
648.**Para sempre ou nunca mais** – R. Chandler
649.**Nosso homem em Havana** – Graham Greene
650.**Dicionário Caldas Aulete de Bolso**
651.**Snoopy: Posso fazer uma pergunta, professora? (5)** – Charles Schulz
652(10).**Luís XVI** – Bernard Vincent
653.**O mercador de Veneza** – Shakespeare
654.**Cancioneiro** – Fernando Pessoa
655.**Non-Stop** – Martha Medeiros
656.**Carpinteiros, levantem bem alto a cumeeira & Seymour, uma apresentação** – J.D.Salinger
657.**Ensaios céticos** – Bertrand Russell
658.**O melhor de Hagar 5** – Dik e Chris Browne
659.**Primeiro amor** – Ivan Turguêniev
660.**A trégua** – Mario Benedetti
661.**Um parque de diversões da cabeça** – Lawrence Ferlinghetti
662.**Aprendendo a viver** – Sêneca
663.**Garfield, um gato em apuros (9)** – Jim Davis
664.**Dilbert 1** – Scott Adams
665.**Dicionário de dificuldades** – Domingos Paschoal Cegalla

666.**A imaginação** – Jean-Paul Sartre
667.**O ladrão e os cães** – Naguib Mahfuz
668.**Gramática do português contemporâneo** – Celso Cunha
669.**A volta do parafuso** *seguido de* **Daisy Miller** – Henry James
670.**Notas do subsolo** – Dostoiévski
671.**Abobrinhas da Brasilônia** – Glauco
672.**Geraldão (3)** – Glauco
673.**Piadas para sempre (3)** – Visconde da Casa Verde
674.**Duas viagens ao Brasil** – Hans Staden
675.**Bandeira de bolso** – Manuel Bandeira
676.**A arte da guerra** – Maquiavel
677.**Além do bem e do mal** – Nietzsche
678.**O coronel Chabert** *seguido de* **A mulher abandonada** – Balzac
679.**O sorriso de marfim** – Ross Macdonald
680.**100 receitas de pescados** – Sílvio Lancellotti
681.**O juiz e seu carrasco** – Friedrich Dürrenmatt
682.**Noites brancas** – Dostoiévski
683.**Quadras ao gosto popular** – Fernando Pessoa
684.**Romanceiro da Inconfidência** – Cecília Meireles
685.**Kaos** – Millôr Fernandes
686.**A pele de onagro** – Balzac
687.**As ligações perigosas** – Choderlos de Laclos
688.**Dicionário de matemática** – Luiz Fernandes Cardoso
689.**Os Lusíadas** – Luís Vaz de Camões
690(11).**Átila** – Éric Deschodt
691.**Um jeito tranqüilo de matar** – Chester Himes
692.**A felicidade conjugal** *seguido de* **O diabo** – Tolstói
693.**Viagem de um naturalista ao redor do mundo** – vol. 1 – Charles Darwin
694.**Viagem de um naturalista ao redor do mundo** – vol. 2 – Charles Darwin
695.**Memórias da casa dos mortos** – Dostoiévski
696.**A Celestina** – Fernando de Rojas
697.**Snoopy: Como você é azarado, Charlie Brown! (6)** – Charles Schulz
698.**Dez (quase) amores** – Claudia Tajes
699(9).**Poirot sempre espera** – Agatha Christie
700.**Cecília de bolso** – Cecília Meireles
701.**Apologia de Sócrates** *precedido de* **Êutifron** e *seguido de* **Críton** – Platão
702.**Wood & Stock** – Angeli
703.**Striptiras (3)** – Laerte
704.**Discurso sobre a origem e os fundamentos da desigualdade entre os homens** – Rousseau
705.**Os duelistas** – Joseph Conrad
706.**Dilbert (2)** – Scott Adams
707.**Viver e escrever** (vol. 1) – Edla van Steen
708.**Viver e escrever** (vol. 2) – Edla van Steen
709.**Viver e escrever** (vol. 3) – Edla van Steen
710(10).**A teia da aranha** – Agatha Christie
711.**O banquete** – Platão
712.**Os belos e malditos** – F. Scott Fitzgerald
713.**Libelo contra a arte moderna** – Salvador Dalí
714.**Akropolis** – Valerio Massimo Manfredi
715.**Devoradores de mortos** – Michael Crichton
716.**Sob o sol da Toscana** – Frances Mayes
717.**Batom na cueca** – Nani
718.**Vida dura** – Claudia Tajes
719.**Carne trêmula** – Ruth Rendell
720.**Cris, a fera** – David Coimbra
721.**O anticristo** – Nietzsche
722.**Como um romance** – Daniel Pennac
723.**Emboscada no Forte Bragg** – Tom Wolfe
724.**Assédio sexual** – Michael Crichton
725.**O espírito do Zen** – Alan W.Watts
726.**Um bonde chamado desejo** – Tennessee Williams
727.**Como gostais** *seguido de* **Conto de inverno** – Shakespeare
728.**Tratado sobre a tolerância** – Voltaire
729.**Snoopy: Doces ou travessuras? (7)** – Charles Schulz
730.**Cardápios do Anonymus Gourmet** – J.A. Pinheiro Machado
731.**100 receitas com lata** – J.A. Pinheiro Machado
732.**Conhece o Mário?** vol.2 – Santiago
733.**Dilbert (3)** – Scott Adams
734.**História de um louco amor** *seguido de* **Passado amor** – Horacio Quiroga
735(11).**Sexo: muito prazer** – Laura Meyer da Silva
736(12).**Para entender o adolescente** – Dr. Ronald Pagnoncelli
737(13).**Desembarcando a tristeza** – Dr. Fernando Lucchese
738.**Poirot e o mistério da arca espanhola & outras histórias** – Agatha Christie
739.**A última legião** – Valerio Massimo Manfredi
740.**As virgens suicidas** – Jeffrey Eugenides
741.**Sol nascente** – Michael Crichton
742.**Duzentos ladrões** – Dalton Trevisan
743.**Os devaneios do caminhante solitário** – Rousseau
744.**Garfield, o rei da preguiça (10)** – Jim Davis
745.**Os magnatas** – Charles R. Morris
746.**Pulp** – Charles Bukowski
747.**Enquanto agonizo** – William Faulkner
748.**Aline: viciada em sexo (3)** – Adão Iturrusgarai
749.**A dama do cachorrinho** – Anton Tchékhov
750.**Tito Andrônico** – Shakespeare
751.**Antologia poética** – Anna Akhmátova
752.**O melhor de Hagar 6** – Dik e Chris Browne
753(12).**Michelangelo** – Nadine Sautel
754.**Dilbert (4)** – Scott Adams
755.**O jardim das cerejeiras** *seguido de* **Tio Vânia** – Tchékhov
756.**Geração Beat** – Claudio Willer
757.**Santos Dumont** – Alcy Cheuiche
758.**Budismo** – Claude B. Levenson
759.**Cleópatra** – Christian-Georges Schwentzel
760. **Revolução Francesa** – Frédéric Bluche, Stéphane Rials e Jean Tulard
761.**A crise de 1929** – Bernard Gazier
762.**Sigmund Freud** – Edson Sousa e Paulo Endo
763.**Império Romano** – Patrick Le Roux
764.**Cruzadas** – Cécile Morrisson
765.**O mistério do Trem Azul** – Agatha Christie
766.**Os escrúpulos de Maigret** – Simenon
767.**Maigret se diverte** – Simenon
768.**Senso comum** – Thomas Paine
769.**O parque dos dinossauros** – Michael Crichton
770.**Trilogia da paixão** – Goethe

771.**A simples arte de matar** (vol.1) – R. Chandler
772.**A simples arte de matar** (vol.2) – R. Chandler
773.**Snoopy: No mundo da lua! (8)** – Charles Schulz
774.**Os Quatro Grandes** – Agatha Christie
775.**Um brinde de cianureto** – Agatha Christie
776.**Súplicas atendidas** – Truman Capote
777.**Ainda restam aveleiras** – Simenon
778.**Maigret e o ladrão preguiçoso** – Simenon
779.**A viúva imortal** – Millôr Fernandes
780.**Cabala** – Roland Goetschel
781.**Capitalismo** – Claude Jessua
782.**Mitologia grega** – Pierre Grimal
783.**Economia: 100 palavras-chave** – Jean-Paul Betbèze
784.**Marxismo** – Henri Lefebvre
785.**Punição para a inocência** – Agatha Christie
786.**A extravagância do morto** – Agatha Christie
787(13).**Cézanne** – Bernard Fauconnier
788.**A identidade Bourne** – Robert Ludlum
789.**Da tranquilidade da alma** – Sêneca
790.**Um artista da fome** *seguido de* **Na colônia penal e outras histórias** – Kafka
791.**Histórias de fantasmas** – Charles Dickens
792.**A louca de Maigret** – Simenon
793.**O amigo de infância de Maigret** – Simenon
794.**O revólver de Maigret** – Simenon
795.**A fuga do sr. Monde** – Simenon
796.**O Uraguai** – Basílio da Gama
797.**A mão misteriosa** – Agatha Christie
798.**Testemunha ocular do crime** – Agatha Christie
799.**Crepúsculo dos ídolos** – Friedrich Nietzsche
800.**Maigret e o negociante de vinhos** – Simemon
801.**Maigret e o mendigo** – Simenon
802.**O grande golpe** – Dashiell Hammett
803.**Humor barra pesada** – Nani
804.**Vinho** – Jean-François Gautier
805.**Egito Antigo** – Sophie Desplancques
806(14).**Baudelaire** – Jean-Baptiste Baronian
807.**Caminho da sabedoria, caminho da paz** – Dalai Lama e Felizitas von Schönborn
808.**Senhor e servo e outras histórias** – Tolstói
809.**Os cadernos de Malte Laurids Brigge** – Rilke
810.**Dilbert (5)** – Scott Adams
811.**Big Sur** – Jack Kerouac
812.**Seguindo a correnteza** – Agatha Christie
813.**O álibi** – Sandra Brown
814.**Montanha-russa** – Martha Medeiros
815.**Coisas da vida** – Martha Medeiros
816.**A cantada infalível** *seguido de* **A mulher do centroavante** – David Coimbra
817.**Maigret e os crimes do cais** – Simenon
818.**Sinal vermelho** – Simenon
819.**Snoopy: Pausa para a soneca (9)** – Charles Schulz
820.**De pernas pro ar** – Eduardo Galeano
821.**Tragédias gregas** – Pascal Thiercy
822.**Existencialismo** – Jacques Colette
823.**Nietzsche** – Jean Granier
824.**Amar ou depender?** – Walter Riso
825.**Darmapada: A doutrina budista em versos**
826.**J'Accuse...! – a verdade em marcha** – Zola
827.**Os crimes ABC** – Agatha Christie
828.**Um gato entre os pombos** – Agatha Christie
829.**Maigret e o sumiço do sr. Charles** – Simenon
830.**Maigret e a morte do jogador** – Simenon
831.**Dicionário de teatro** – Luiz Paulo Vasconcellos
832.**Cartas extraviadas** – Martha Medeiros
833.**A longa viagem de prazer** – J. J. Morosoli
834.**Receitas fáceis** – J. A. Pinheiro Machado
835.(14).**Mais fatos & mitos** – Dr. Fernando Lucchese
836.(15).**Boa viagem!** – Dr. Fernando Lucchese
837.**Aline: Finalmente nua!!! (4)** – Adão Iturrusgarai
838.**Mônica tem uma novidade!** – Mauricio de Sousa
839.**Cebolinha em apuros!** – Mauricio de Sousa
840.**Sócios no crime** – Agatha Christie
841.**Bocas do tempo** – Eduardo Galeano
842.**Orgulho e preconceito** – Jane Austen
843.**Impressionismo** – Dominique Lobstein
844.**Escrita chinesa** – Viviane Alleton
845.**Paris: uma história** – Yvan Combeau
846(15).**Van Gogh** – David Haziot
847.**Maigret e o corpo sem cabeça** – Simenon
848.**Portal do destino** – Agatha Christie
849.**O futuro de uma ilusão** – Freud
850.**O mal-estar na cultura** – Freud
851.**Maigret e o matador** – Simenon
852.**Maigret e o fantasma** – Simenon
853.**Um crime adormecido** – Agatha Christie
854.**Satori em Paris** – Jack Kerouac
855.**Medo e delírio em Las Vegas** – Hunter Thompson
856.**Um negócio fracassado e outros contos de humor** – Tchékhov
857.**Mônica está de férias!** – Mauricio de Sousa
858.**De quem é esse coelho?** – Mauricio de Sousa
859.**O burgomestre de Furnes** – Simenon
860.**O mistério Sittaford** – Agatha Christie
861.**Manhã transfigurada** – Luiz Antonio de Assis Brasil
862.**Alexandre, o Grande** – Pierre Briant
863.**Jesus** – Charles Perrot
864.**Islã** – Paul Balta
865.**Guerra da Secessão** – Farid Ameur
866.**Um rio que vem da Grécia** – Cláudio Moreno
867.**Maigret e os colegas americanos** – Simenon
868.**Assassinato na casa do pastor** – Agatha Christie
869.**Manual do líder** – Napoleão Bonaparte
870(16).**Billie Holiday** – Sylvia Fol
871.**Bidu arrasando!** – Mauricio de Sousa
872.**Desventuras em família** – Mauricio de Sousa
873.**Liberty Bar** – Simenon
874.**E no final a morte** – Agatha Christie
875.**Guia prático do Português correto – vol. 4** – Cláudio Moreno
876.**Dilbert (6)** – Scott Adams
877(17).**Leonardo da Vinci** – Sophie Chauveau
878.**Bella Toscana** – Frances Mayes
879.**A arte da ficção** – David Lodge
880.**Striptiras (4)** – Laerte
881.**Skrotinhos** – Angeli
882.**Depois do funeral** – Agatha Christie
883.**Radicci 7** – Iotti
884.**Walden** – H. D. Thoreau
885.**Lincoln** – Allen C. Guelzo
886.**Primeira Guerra Mundial** – Michael Howard
887.**Linha de sombra** – Joseph Conrad
888.**O amor é um cão dos diabos** – Bukowski